Flores, Amores e Todo o Resto!

Editora Appris Ltda.
1.ª Edição - Copyright© 2024 da autora
Direitos de Edição Reservados à Editora Appris Ltda.

Nenhuma parte desta obra poderá ser utilizada indevidamente, sem estar de acordo com a Lei nº 9.610/98. Se incorreções forem encontradas, serão de exclusiva responsabilidade de seus organizadores. Foi realizado o Depósito Legal na Fundação Biblioteca Nacional, de acordo com as Leis nᵒˢ 10.994, de 14/12/2004, e 12.192, de 14/01/2010.

Catalogação na Fonte
Elaborado por: Dayanne Leal Souza
Bibliotecária CRB 9/2162

F363f 2024	Fernandes, Márcia Regina
	    Flores, amores e todo o resto! / Márcia Regina Fernandes. – 1. ed. – Curitiba: Appris, 2024.
	    195 p. : il. ; 23 cm.
	
	    ISBN 978-65-250-6769-8
	
	    1. Preconceitos. 2. Amizade. 3. Terapia. 4. Pedras. 5. Natureza. I. Fernandes, Márcia Regina. II. Título.
	
	                                                    CDD – B869.93

Appris
editora

Editora e Livraria Appris Ltda.
Av. Manoel Ribas, 2265 – Mercês
Curitiba/PR – CEP: 80810-002
Tel. (41) 3156 - 4731
www.editoraappris.com.br

Printed in Brazil
Impresso no Brasil

Márcia Regina Fernandes

Flores, Amores e Todo o Resto!

Curitiba, PR
2024

FICHA TÉCNICA

EDITORIAL	Augusto V. de A. Coelho
	Sara C. de Andrade Coelho
COMITÊ EDITORIAL	Marli Caetano
	Andréa Barbosa Gouveia (UFPR)
	Edmeire C. Pereira (UFPR)
	Iraneide da Silva (UFC)
	Jacques de Lima Ferreira (UP)
SUPERVISORA EDITORIAL	Renata C. Lopes
PRODUÇÃO EDITORIAL	Bruna Holmen
REVISÃO	Marcela Vidal Machado
DIAGRAMAÇÃO	Amélia Lopes
CAPA	Lívia Costa
REVISÃO DE PROVA	Daniela Nazario

Nada era mais romântico que terminar a noite na praia, caminhar sob as estrelas, descalços à beira do mar, tendo a Lua como parceira a vigiá-los...

(Márcia Regina Fernandes)

AGRADECIMENTOS

Agradeço primeiramente a Deus por toda minha vida, e a família e amigos por todo apoio e inspiração.

A todos que permanecem jovens de espírito.

APRESENTAÇÃO

Flores, Amores e Todo o Resto é um romance que começa na Praia dos Ingleses, nas festas e nos encontros ao entardecer, onde as amigas Adriana, Maria Claudia e Patrícia – que, apesar de diferentes em tudo, idades, gostos e histórias – vão viver momentos inesquecíveis. São jovens que desfrutam de particularidades que vão chamar a atenção. Adriana com sua alegria, disposição, independência e responsabilidade, se forma em Psicologia e passa a ser fundamental na vida dos amigos. Maria Claudia, apaixonada e pronta para se casar, vai adiar seus planos para lutar contra uma terrível doença. Patrícia precisa desvendar um segredo de infância que lhe impede de ser feliz e, superando traumas e preconceitos, vai se tornar uma top model. As gêmeas Sara e Sofia vão bagunçar com a vida de um jovem estudante de Medicina, Rafael. Já Elisa, a mãe das gêmeas, triste com um casamento monótono, decide terminar planos que foram adiados por décadas. Com as filhas já crescidas, resta buscar sua felicidade em uma longa viagem de estudo no Pantanal mato-grossense. São histórias próximas a realidades e muitos vão se identificar com as lutas, batalhas e os conflitos vividos por cada personagem. E os rapazes, Rodrigo, Leonardo e Carlos, são fortes, corajosos e terão que fazer escolhas racionais e amorosas. Casamento, separação, agressões, racismo, depressão, sonhos e pesadelos, amor e aventura estão nesta viagem por histórias de mulheres e homens fortes que venceram barreiras e preconceitos. Um trânsito entre épocas e descobertas de valores, como a verdadeira amizade.

Para produzir este romance, como historiadora e pedagoga, passei a observar e anotar comportamentos humanos, principalmente da transição da infância para a adolescência, fase que se caracteriza por alterações de diversos níveis, como físico, mental e social. Com base nesse estudo, criei personagens com características que me eram conhecidas, como: estatura, cor de cabelos e olhos, lembrando amigos da adolescência – qualquer semelhança pode ser mera coincidência. Aqui você encontrará conteúdos que merecem discussão, de fundamental importância, inclusive para a saúde mental, tudo com bom humor e leveza.

E, quando o amor transpassa barreiras, como uma fênix, renasce de cinzas coloridas.

SUMÁRIO

CAPÍTULO 1
AMOR E MUITO MAIS! 17

CAPÍTULO 2
ENCONTROS DE VERÃO.. 23

CAPÍTULO 3
A PRIMEIRA IMPRESSÃO 27

CAPÍTULO 4
DEPOIS DA TEMPESTADE.. 32

CAPÍTULO 5
AMIGO FIEL.. 35

CAPÍTULO 6
SONHOS PERDIDOS 41

CAPÍTULO 7
SURPRESA!... 49

CAPÍTULO 8
CONFISSÕES 53

CAPÍTULO 9
APARÊNCIAS ENGANAM!... 58

CAPÍTULO 10
ESCOLHAS DA VIDA 64

CAPÍTULO 11
REALIZAÇÕES... 69

CAPÍTULO 12
AMORES QUE VÊM E VÃO! 72

CAPÍTULO 13
TUDO PASSA, INCLUSIVE O TEMPO 77

CAPÍTULO 14
CAMINHAR É PRECISO! 80

CAPÍTULO 15
CONTEMPLANDO O SILÊNCIO 85

CAPÍTULO 16
PARTIU FELIZ! 89

CAPÍTULO 17
HARMONIZANDO-SE 93

CAPÍTULO 18
A LAMPARINA! — QUEM? 96

CAPÍTULO 19
A CARONA 99

CAPÍTULO 20
O JORNALISTA 104

CAPÍTULO 21
FELICIDADE É PASSAGEIRA 111

CAPÍTULO 22
TUDO POR UM SONHO 117

CAPÍTULO 23
AS NUVENS QUE BRINCAM! 121

CAPÍTULO 24
DEPOIS DA TEMPESTADE 124

CAPÍTULO 25
SAINDO DO POÇO!..127

CAPÍTULO 26
SIMPLES ASSIM!...130

CAPÍTULO 27
TERAPIA E BICICLETA..133

CAPÍTULO 28
UVAS E VINHOS..137

CAPÍTULO 29
CONHECENDO A FAUNA...139

CAPÍTULO 30
DOSE DUPLA...143

CAPÍTULO 31
OS GRITOS... QUE VIAGEM!...146

CAPÍTULO 32
QUEM AMA DEIXA VOAR..150

CAPÍTULO 33
NOITE PERFEITA!..154

CAPÍTULO 34
PESADELO OU REALIDADE?...159

CAPÍTULO 35
O CAFÉ E A LUA...167

CAPÍTULO 36
FÉRIAS E FLORES..170

CAPÍTULO 37
RECOMEÇO COM VITÓRIA!..176

CAPÍTULO 38
A MUDANÇA 179

CAPÍTULO 39
QUE PRESSA!.. 185

CAPÍTULO 40
O VAZIO DO APÊ 189

CAPÍTULO 41
EM CIMA DO MURO. ACEITA? 192

Capítulo 1

AMOR E MUITO MAIS!

A praia ficava linda ao entardecer, o Sol brilhava na cor alaranjada e aos poucos esbarrava no mar até desaparecer. A música tocava e o som eletrônico atraía gente de todas as idades, a maioria entre 15 e 25 anos, jovens lindos e acima de tudo alegres. Ao anoitecer as estrelas iluminavam o céu, os quiosques tinham bebidas, belisques, cigarros e um deles em especial aceitava os pedidos de músicas dos clientes. Tocava de tudo e o povo parecia bem eclético ouvindo os ritmos dançantes, sozinhos, em grupos ou abraçados, iam do samba ao reggae. As músicas românticas, nacionais ou não, também eram requisitadas no meio da noite, quando os pares já haviam se formado e o clima de romance pairava no ar.

Desde que chegaram à praia, os olhos se cruzavam e iniciavam o período de paquera. Geralmente as patotas ficavam dançando em uma rodinha, observando tudo que acontecia à sua volta, principalmente quem passava e olhava. Às vezes rolavam muitas paqueras ao mesmo tempo e era possível escolher com quem conversar ou mesmo "ficar", como se dizia nos anos 1990.

As meninas estavam em quatro ou cinco quando chegaram alguns colegas e juntaram-se à turma. Patrícia, Maria e Adriana eram inseparáveis, mesmo com diferença de idade entre elas conseguiam ter harmonia.

Nas férias frequentavam as festas da areia praticamente todos os dias. Chegavam cedo e pediam várias músicas para garantir a diversão. Dividiam a bebida, que de preferência era caipirinha ou cerveja, e não gostavam de misturar, pois sabiam que a bebida podia causar embriaguez principalmente pela falta de hábito. Geralmente os garotos se ofereciam para pagar a bebida, nesse tempo, não se pensava em preconceitos, tampouco em rachar a conta. Geralmente as garotas não trabalhavam e eles faziam a gentileza, que também servia de manobra ou tática de aproximação. Uma forma de chegar de mansinho e perder a timidez e ao mesmo tempo ganhar a confiança do grupo.

Rodrigo, Carlos e Leonardo estavam no canto observando as meninas, olhares já haviam sido trocados e entre eles decidiram a quem iriam abordar conforme o interesse correspondido.

A paquera acontecia dessa forma, os meninos observavam todas as opções e começavam a atirar para todos os lados, ora davam uma voltinha em um lado e paqueravam com uma, ora trocavam de lado e observavam as outras possibilidades caso fossem rejeitados. E algo parecido ocorria com as garotas.

Algumas músicas aceleravam a galera, que pulava, gritava, cantava junto em coro. E outras músicas eram mais meladas, fazendo os meninos se aproximarem oferecendo bebida e começarem a conversar baixinho, perguntando o nome, se iam sempre ali e coisas desse tipo. Começavam a falar coisas engraçadas e dançavam juntos mesmo as músicas que eram para dançar separados, e assim criavam um clima de romance e os pares iam se formando.

À noite o clima esquentava, os casais ficavam muito, muito perto, passavam um tempo rindo, dançando e bebendo e trocavam os telefones nos guardanapos com a caneta emprestada do quiosque.

Esse era um ritual básico, mas voltando à nossa história, os casais estavam tão sintonizados que passaram a noite juntos e os rapazes combinavam para se encontrarem na praia pela manhã para jogar vôlei e futebol. Seria uma boa desculpa para passar mais tempo com as meninas.

Nesse dia os garotos aguardavam um colega da faculdade que não apareceu. Rafael era estranho, preferia ficar só. Os estudos estavam esgotando o garoto, que mal comia, estava magro, pálido e dormia pouco. Daí o convite para a praia, quem sabe com música e um pouco de alegria ele esfriasse a cabeça.

Os bares da região da Praia dos Ingleses também eram movimentados, ofereciam versões mais sossegadas para quem optasse por comer, beber e ouvir música ambiente ou mesmo ao vivo. Sozinho ou acompanhado era tranquilo e aconchegante, bom para pensar e colocar as ideias no lugar. Foi onde Rafael quis estar para arejar a cabeça após uma semana agitada de provas de fim de semestre. Saiu de casa por insistência de Rodrigo e Leonardo, mas no caminho resolveu entrar em um bar.

O bar tranquilo e aconchegante permitia-lhe beber uma cerveja gelada e observar a noite clara e com estrelas, a Lua cheia e imponente brilhava ao ponto de refletir na água, as ondas vinham e voltavam se desmanchando na areia. A mesa que escolheu ficava na varanda ao lado de fora do bar, com frente para o mar. Dali o rapaz via tudo que acontecia na praia.

Tinha fascinação pelas estrelas, sonhava comprar um telescópio, na falta dele, frequentava o observatório da Universidade que estudava. Como bom observador, passou a observar os cabelos longos levemente cacheados que balançavam no frescor da noite. E aos poucos ele foi juntando mais detalhes à paisagem.

Na praia, longe da multidão e do barulho, ela caminhava solitária, sandália na mão, roçava o pé no chão em círculo, como se desenhasse na areia. Andou até a praia e de frente para as ondas molhou a ponta dos pés segurando a saia para não molhar. Entrou mais um pouco e parou. Congelou no meio da praia, onde ficou por alguns minutos, muito próximo à bandeira vermelha.

Rafael começava a pensar e descrever a situação com detalhes em seus pensamentos e ora fugiam palavras em voz alta de tão apreensivo que estava.

— Que m... O que ela vai fazer?

Ficou preocupado e chamou o garçom:

— Garçom, a conta, por favor.

— Um instante, senhor!

— Obrigado. Posso sair aqui pela praia?

— Sim, senhor.

No dia seguinte ao episódio da praia, Rafael estava sufocando por conta dos últimos acontecimentos e precisava desabafar. Ligou para um amigo, que prontamente o atendeu.

— Oi, Rodrigo, Cara, que bom que você veio. Nem dormi essa noite.

— O que houve? Você parece nervoso!

— Tem tempo? Agora estou bem! Só preciso desabafar.

— Sim! Pode falar.

— A história é bizarra. E longa.

— Estou ouvindo. Sente-se aí.

— Estava sentado no bar ali observando uma garota que brincava perto da bandeira vermelha. Aquela parte da praia estava escura e da mesinha do bar onde eu estava consegui acompanhar as brincadeiras que ela fazia na areia. Ela riscou o chão com um graveto, desenhou um coração que a onda levou, jogou o graveto no mar, se arrependeu e foi buscar, perdeu a sandália na água e depois de alguns escorregões conseguiu resgatar. Voltou a brincar com os dedos dos pés, mas de repente parou de brincar e ficou imóvel olhando as ondas do mar. Para não perder a moça de vista, saí pela praia e mais tarde voltaria para pegar o carro do estacionamento. Minha intuição dizia que algo estava errado!

Rafael falava muito rápido, nem fazia pausa para respirar, não queria deixar nenhum detalhe de fora da conversa.

— Sério?

— Sim, comecei a andar devagar para não a assustar. Pensei em chamar, mas não a conhecia, resolvi tirar os sapatos, arregaçar as calças e andar na areia até que ela me visse e continuei observando para ver se estava tudo certo. Só vi chegar uma onda forte que jogou a garota com violência no chão, bateu com a cabeça e ficou desacordada.

— Caramba! Ela não reagiu?

— Não. Joguei tudo que tinha na mão e corri, resgatei o corpo leve da água, levei até um local seguro e fiz o procedimento de salvamento. Comecei posicionando-a para a respiração boca a boca, de barriga para cima, inclinando a cabeça e elevando o queixo com auxílio de dois dedos. Coloquei os lábios em torno da boca dela e inspirei o ar pelo nariz normalmente, soprando o ar dentro de sua boca, fazendo seu peito elevar, e segui com a massagem cardíaca.

— Ela demorou muito para reagir?

— Não. Foi rápido, apenas um susto, ela retornou rapidamente.

— E você acha que podia ser tentativa de suicídio?

— No começo foi o que pensei. Mas depois percebi que só foi distração. Ela saiu para pensar na separação dos pais. Tentava compreender a situação.

— Entendo. Cara, e depois? Estou ficando curioso.

— Depois foi tranquilo. Nos sentamos na areia e comecei a conversar, fazendo perguntas básicas para saber se estava com seus sentidos preservados. Fiz certo?

— Sim, faria o mesmo. Perfeito. E daí?

— Me apresentei, comentando ser estudante de Medicina e por isso prestei os primeiros socorros. E me prontifiquei a acompanhá-la a um pronto atendimento para me certificar de seu estado. Em cinco minutos, distraído conversando com a moça, é que percebi a multidão ao nosso redor. O baile todo da praia havia descido para saber o que estava acontecendo.

— O povo curioso! — E o que você fez?

— Tratei de avisar que tudo estava bem e que ia levar a moça ao pronto-socorro.

— E eles saíram de boa?

— Sim, foram dispersando aos poucos.

— Sabe que agora, com sua fala, eu lembro que vi a multidão parada. Alguém ainda comentou "é briga ou afogamento". E eu respondi: "Qual louco entraria na água a essa hora?". Então os caras acharam melhor não serem curiosos e continuaram azarando as gatinhas. Com certeza estavam mais preocupados em dançar ou namorar.

— Verdade!

— Desculpa! Continua. O que você fez depois?

— Perguntei se precisava avisar alguém, que eu poderia ligar, estava com telefone. Ela respondeu que a família estava viajando e que era tarde para incomodar. Sendo assim, me prontifiquei a lhe fazer companhia, o local era próximo e fomos conversando, não era necessário retirar o carro e assim ganhava tempo para conhecê-la melhor. Decifrar a intrigante figura que me tirou a atenção boa parte da noite.

— Misteriosa, hein? E no ambulatório, como foi?

— Os médicos avaliaram, fizeram raio-X e pediram para observar caso algum sintoma respiratório aparecesse durante a semana. E fomos liberados. Acompanhei a moça até sua casa, andamos por duas quadras, ofereci para levá-la de carro, mas ela preferiu caminhar. Queria poupar-lhe os esforços, porém percebi que se contrariasse poderia perder sua confiança. Andamos devagar e até nos sentamos na calçada para descansar.

— Sim! E conseguiu extrair algo dela? O que fazia na praia àquela hora? Quantos anos tem? É bonita?

— Não consegui extrair muita informação, acabei falando mais do que ela. Falei de minha mãe e de suas manias de limpeza, da vaidade e de quanto era chata com o horário. Rimos com minhas histórias e ela disse que mãe é tudo igual, só muda o endereço, o que me deixou até aliviado com relação à chatice de minha mãe.

— E você vai encontrá-la novamente?

— Sim. Consegui tirar sorrisos da menina e combinar de encontrá-la hoje à tarde para saber de sua saúde.

— Cara bom! Aprendeu comigo.

— Sim. Foi a desculpa que usei, mas na verdade ela é intrigante, já a acompanhava na praia com as brincadeiras e queria realmente saber mais, inclusive saber por que ficou parada e se não viu a onda lhe puxar. E, para saber de tudo, preciso estar mais próximo, conhecê-la melhor.

— Verdade. E como pensa fazer isso?

— Preciso ir devagar. Percebi que além de linda é tímida e educada.

— Bom começo. Sabe o nome pelo menos?

— Sofia. E tem 15 anos.

— Rafael, você está apaixonado, amigo. Essa garota misteriosa está lhe fazendo muito bem.

— Já adorei a Sofia, tirou você da toca. Você está saindo de casa. Agora só falta comer melhor, doutor.

Capítulo 2

ENCONTROS DE VERÃO

Anoiteceu, e outra festa na areia. O som tocava alto na Praia dos Ingleses, na pracinha que chamavam de "*point* de encontro". As meninas dançavam, bebiam e conversavam quando Patrícia avistou novamente o garoto dos olhos azuis e cabelos loiros, o paquera da noite passada, era o mais alto dos três que estavam no canto próximo à parede de um dos quiosques. Ela cutucou as amigas e chamou a atenção para o grafite que havia ao fundo, contrastando com os garotos que fechavam com a paisagem. A garota gostava de falar, zero de timidez, sorria e fazia questão de olhar. Já Maria, tomada de vergonha, tentava olhar para o outro lado e desconversar e Adriana ria feito uma hiena, nervosa, foi também entrando no jogo de sedução, dando sua opinião sobre os três.

O loiro descartou de cara, porque sempre teve atração pelos morenos, na verdade, para ela, o garoto quanto mais negro melhor. Mesmo com timidez, Maria comentou que o baixinho era interessante, a onda no cabelo com gel, a jaqueta de couro dava um ar rebelde, tipo John Travolta, o jeans surrado também era moderno e despojado. O rosto era muito bem-feito, parecia o mais bonito dos três.

O grafite era extremamente colorido e vibrante, nascia uma árvore de raízes grossas plantadas no chão, com tronco torto, por seus galhos explodiam flores e delas pessoas caíam para todos os lados. Ao fim do *trailer* estavam os três garotos, que pareciam ter caído do painel. As meninas olhavam e riam, o que chamava a atenção.

Desconfiados, Rodrigo, Carlos e Leonardo começaram a cochichar e olhar para as meninas até que Rodrigo, com seu olhar penetrante, perfeito e elegantemente trajado, resolveu pegar uma bebida e oferecer para as meninas.

— Pat, o galego está vindo para cá, vou embora. Fica quieta aí e sorri.

— Oi, vocês aceitam uma bebida? Estou com meus amigos, podemos ficar com vocês.

— Claro, será um prazer.

O garoto acenou aos colegas, que, conforme o combinado, perceberam que o campo estava limpo e podiam chegar até as meninas, começando as apresentações.

— Eu sou o Rodrigo, este é o Carlos.

— Pera, pera, eu me apresento. Sou o Leonardo, mas pode chamar de Léo. – Delicadamente pegou a mão de uma por uma e deu três beijinhos no rosto.

— Oi, sou Patrícia.

— Eu Adriana.

— E eu sou a Maria Claudia. Maria para os íntimos.

Adriana sorriu e pensou "Além de ser negro e lindo, ainda é simpático e delicado. A minha cara." Olhos negros, cabelos enroscados, um perfume inebriante, calça alinhada, com a camisa social bem colocada na calça, cinto combinando e a manga da camisa dobrada até meio braço davam um charme especial ao garoto. Um brinquinho pequeno em uma das orelhas dava um charme e lhe deixava moderno. Ofereceu chicletes para todos e conversava espontaneamente. Os olhos foram se cruzando e o interesse foi recíproco.

Carlos, simpático, chegou sorrindo, perguntou se alguém estava com sede, precisava de H2O. Água!

— Você quer, Maria? E vocês, meninas, querem H2O ou algo mais picante?

— Aceito. Caipira de Orloff ou Smirnoff. — Disse Maria.

— Boa menina, gosta das coisas boas da vida. Sabe que a composição da vodca pura é álcool e água, por isso, é um líquido transparente, inodoro e possui um sabor muito sutil? Com gelo, açúcar e limão, vira a caipirinha.

— Garoto, você sabe tudo de cachaça, é?

— Cachaça não, das bebidas boas. A origem da vodca é obtida de ingredientes como açúcar, milho, batata ou trigo, de onde extraem o álcool. A matéria-prima é fermentada e levada à destilação no alambique, em alguns casos, por mais de uma vez. Após esse processo, o líquido destilado passa por uma filtragem para retirar as impurezas e diminuir o grau alcoólico.

— Você, assim jovem, sabe tudo mesmo sobre as bebidas e o processo de destilação. Que show!

— Vem aqui, vamos pegar as bebidas e te conto mais. Com licença, meninas. — Deu o braço a Maria convidando-a. — Vamos, senhorita.

Alegres, os dois foram à fila das bebidas.

Carlos continuou a conversa empolgante com Maria, falava para a garota que as vodcas com sabor são perfeitas para quem não aprecia o gosto muito intenso do álcool.

— Com sabor? Como assim? — Disse Maria.

— Sim, algumas bebidas como a vodca podem ser saborizadas com ervas, frutas e são finalizadas em tonéis de carvalho.

— Carvalho é madeira, né?

— Sim, um tipo de madeira nobre.

— Nossa, que processo incrível.

— Assim ela fica mais suave e fácil de degustar!

— Sim! Você falou a palavra certa... "degustar".

— É incrível quando as pessoas conseguem beber vagarosamente e perceber o sabor da bebida, seja ela qual for.

— Sim, até a água, como você disse, é gostosa quando estamos com sede.

— Verdade. Isso porque você não conhece uma água de coco saborizada com uvas frescas, bem popular, fabricada na França.

— Sério! Como você sabe tudo isso, garoto?

— Pesquisa, estudo e interesse.

— Carlos, você realmente gosta da bebida. Bebe também?

— Não, não costumo beber, nem passar do ponto da sobriedade.

— Que bom! Tenho traumas com bebida.

— Sério? — Questionou Carlos.

— Sim, mas nada importante para hoje.

— Ok! Vamos escolher?

— Sim. Eu vou querer uma caipirinha e podemos levar uma para as garotas. E o que você vai beber hoje?

— Na verdade vou pegar uma água com gás, gelo e limão. Estou querendo aproveitar a festa. E alguém precisa estar sóbrio para aturar o Rodrigo se ele beber!

— Que legal! Então estou com sorte, não vou ter que aturar um beberão!

— Meu interesse vai além do álcool, mas não é conversa para o primeiro encontro.

— Encontro?

— Sim, você não está feliz com minha companhia?

— Estou sim, desculpe. Besteira.

— Três águas com gás, uma cerveja e duas caipirinhas da melhor vodca que você tiver.

— Vai gelo e limão?

— Sim, por favor.

— O troco, senhor!

— Obrigado!

Seguiram até o grupo, equilibrando os copos com tampas e canudos descartáveis, distribuíram as bebidas e continuaram a conversa coletiva. Riram, falaram, dançaram juntos e separados. Após dançar, beber, abraçar, beijar, é hora da despedida.

Capítulo 3
A PRIMEIRA IMPRESSÃO

O ritual acontecia noites seguidas na praia, os garotos chegavam, aguardavam pelas moças, compravam as bebidas e dançavam até o fim da festa. A praia começava lotada e aos poucos os casais se espalhavam pela praia. Sentavam-se nos bares ou nas calçadas à beira-mar para ver a Lua e as estrelas. A amizade do grupo só aumentava, enquanto os garotos discutiam o futuro, as garotas riam e começavam a descrever a primeira impressão sobre o encontro. Patrícia, encantada, com olhos brilhando, descrevia Rodrigo:

— Ele é meigo e carinhoso, lindo de morrer, os olhos azuis, o perfume... E o cabelo loiro, como é gostoso de mexer! E os lábios macios e molhados são maravilhosos, dá vontade de ficar mesmo é colada nele.

— Carlos é estiloso, forte e com um abraço quentinho, olhar penetrante, o beijo é quente e delicado, com sabor de menta.

— Maria, desde quando beijo tem sabor?

— Não me interrompa. Não terminei! E a conversa dele é muito boa, aparentava ser mais velho e muito inteligente.

— Ok. Terminou?

— Sim!

— Leonardo é inteligente e lindo, mas o que mais me chama atenção é seu perfume inebriante e o falar baixinho com carinho. O seu beijo não consigo explicar com palavras, é uma mistura de sensações.

— Gente! Adriana está apaixonada.

— Repete, Patrícia!

— Olha, Maria, a cara de tonta dela.

— Está, sim.

Os meninos falavam quase a mesma coisa, acrescentando as curvas, os peitos e os quadris. Rodrigo falava com entusiasmo da pele e do corpo de Patrícia, nunca havia namorado uma menina negra e tão linda e inteligente. Os outros empurravam e concordavam dizendo que a garota era gostosa.

— Calem a boca, ela é minha, eu a vi primeiro.

— Carlos, trate de dizer o quanto está feliz com sua menina e tranquilize o amigo.

— Tá certo, cara, fique tranquilo, estou feliz com a gauchinha. É simpática, inteligente, bonita e acredita em mim.

Leonardo descreve Adriana com entusiasmo, mas antes ri e debocha dos amigos.

— Nós parecemos três tolos bundões. Eu nunca tinha conhecido uma gata tão esperta, feliz, com papo tão bom. Adriana além de bonita é inteligente, sabe o que quer, viajou vários locais do mundo, fala inglês fluentemente. Acho que eu me dei bem.

Enquanto os meninos riam falando besteiras, as garotas tentavam decidir como iriam embora. Sabiam que os garotos tinham um carro e Maria uma moto, assim não separariam os casais. Apesar de se conhecerem há poucos dias, passaram a noite conversando, rindo e namorando. A sensação era de que se conheciam há muito tempo. Riam falando da sensação que sentiam de já se conhecerem há muito tempo.

— E aí, garotas! Alguma solução para o nosso problema?

— Qual problema? — Perguntou Maria.

— Como vamos colocar seis em um carro.

— Não será necessário.

— Como assim? Explique-se, gaúcha!

— Eu tenho carona para um.

— Sério? Um por quê?

— Tenho uma CG.

— Caramba, Mônica! Você vai dar carona para o Eduardo?

Em um coro, riam e cantaram… "Eduardo e Mônica eram nada parecidos, ela era de Leão e ele tinha 16".

Empurraram Carlos na brincadeira e riam gostosamente. Maria Claudia gostou da música e dos amigos do garoto.

28

Flores, Amores e Todo o Resto!

— Resolvido. Carlos vai comigo. Ou vai amarelar?

Rapidamente Carlos correu para os braços da gauchinha, pegou a moça pela cintura, perdeu a timidez e lhe deu um beijo dizendo:

— Amarelar nunca. Vou adorar ser conduzido pela criatura mais bela da noite. Vamos, Mônica? — Terminou de falar com as bochechas rosadas de vergonha, mas disfarçou a timidez e tentou entrar na brincadeira.

— Então vou levar Carlos em casa.

A garota se despediu das amigas e combinou de encontrar o povo na praia. Disse que precisa ir porque não queria acordar a turma para não levar bronca.

O garoto abraçou-a fortemente, colocou a mão entre seus cabelos e a beijou com delicadeza. Após o beijo, respondeu:

— Resolvido, já tenho carona.

Saíram abraçados e felizes em direção ao estacionamento.

Maria Claudia e Carlos seguiram para casa enquanto os outros permaneceram na praia conversando. O casal passou no *guichê* onde estavam guardados os capacetes, o dela e o usado por Patrícia. Nesse dia era ela que estava de carona.

Adriana foi deixada pelo pai e combinou que retornaria com amigos ou pagaria um táxi. Apesar de morarem a apenas algumas quadras da praia, era importante chegarem com segurança.

Nesse dia, Maria Claudia vestia um shortinho jeans, botinha tipo coturno com cadarços pretos, blusa preta justa estilo *country*, que marcava a cintura, e um cinto com fivela larga. Os cabelos longos e negros faziam contraste com sua pele clara, uma leve franja trazia um ar de inocência, os olhos, também negros, marcados pelo rímel chamavam a atenção com o batom vermelho. A garota jogou os cabelos para o lado fazendo uma trança delicada e colocou o capacete, pegou da pequena bolsa que usava na transversal do corpo a chave da Honda CG 125 azul e subiu na moto. Carlos colocou também o capacete e deu um sorriso nervoso dizendo:

— Nunca subi nesse troço e muito menos na garupa com uma menina. Tem certeza de que sabe pilotar?

— Claro, garoto, já tenho 26, sei bem o que estou fazendo.

— Ok! Se a senhorita diz! Bora lá. — Subiu na moto, colocou uma mão firme atrás e perguntou se podia colocar a outra na cintura dela.

— Claro, fica tranquilo. E como estou com você, vamos curtir a paisagem.

Com o tempo ele foi se acostumando, relaxou, soltou a mão do ferro do bagageiro e colocou as duas mãos na cintura, mais um pouquinho se enrolou todo em volta dela. Os dois riam e conversavam enquanto ela pilotava. Em 15 minutos ele estava em casa, algumas curvas, duas retas e um morro, e a viagem havia terminado.

Enquanto a moça pilotava, ele ficou abraçado pensando como podia uma criatura tão delicada, pequena e linda, ter 26 anos e como ia explicar para seus pais que estava namorando uma mulher mais velha. E, ainda, será que estava namorando? No caminho foi caindo a fichinha da letra da música que cantaram. Tinha tudo a ver. Será que a menina tinha tinta no cabelo? "Só falta ela fazer Medicina e falar alemão, daí estou ferrado".

— Chegamos!

— Oi, falou comigo?

— Não! Estava pensando alto.

— O quê?

— Você guardou o meu telefone?

Para disfarçar, Carlos perguntou se ela ainda tinha seu telefone. Após confirmar, guardou o capacete no baú, encostou-se na moto com a garota, deu-lhe um beijo demorado e combinou de encontrá-la no dia seguinte. Era hora do adeus. Tinham poucas horas para dormir e já haviam combinado de se encontrar na praia no dia seguinte.

Maria Claudia colocou o capacete e partiu. O garoto, hipnotizado, não conseguiu sair do portão até que a moto cruzasse a esquina. Entrou, sentou-se na cama, tirou o tênis e se jogou para trás. Olhava para o teto do quarto pensando na noite, no batom vermelho, nos lábios carnudos e bem-feitos, nos olhos negros marcados com o rímel e na pele branca como seda. Por fim, pensava nos 26 anos com aquela carinha de criança. Ria sozinho, tentando decifrar a composição da garota, parecia frágil como uma rosa e, ao mesmo tempo, inteligente e decidida.

Até o nome causava respeito: Maria Claudia Barreto. Será que combinava com seu Carlos Henrique Shneider? "Cara, que mico ficar pensando nessas coisas a essa hora da noite. É melhor dormir". Apagou a luz e apagou literalmente, sem banho e sem comer, adormeceu com seus pensamentos.

Maria Claudia chegou próximo de casa, desligou o motor e empurrou a moto pela garagem da casa para não fazer barulho. Pegou a chave dos fundos que estava na bolsa e tirou as botas na porta. Entrou bem quietinha passando pelos corredores. A luz acesa da garagem dava noção dos cômodos da casa, onde conseguiu passar discretamente sem acordar os pais. Olhou para o relógio da cozinha e já eram quase 3h, por isso era melhor não acordar ninguém. Não pelo adiantado da hora, mas para não ter que contar detalhes da noite ou tomar café com a mãe. Tinha praia marcada às 10h e ia ser difícil acordar domingo de manhã.

Chegou ao quarto, fechou delicadamente a porta e resolveu ficar sem banho para não despertar. Trocou a roupa, lavou o rosto e fez uma pequena higiene com cremes, pois facilitava na hora de dormir.

A cama já estava cuidadosamente arrumada, lençóis coloridos em tom de rosa, uma manta macia e confortável tipo pele de carneiro e um travesseiro bem fininho. Os móveis brancos deixavam o quarto com aspecto moderno. Na cabeceira ao lado da cama tinha um criado-mudo, sobre ele um livro e um abajur. *O Encontro Marcado*, do autor Fernando Sabino. Na estante mais uma dúzia de outros romances mais clássicos.

Parou por alguns instantes, passou a pensar em Carlos, em seus beijos, em sua pele, seu cheiro, havia gostado em tudo no garoto, percebeu que era mais novo, mas nunca foi chegada a preconceitos. O corpo envelhece, a cabeça não. "E ele tem um papo muito bom, está estudando e pensa no futuro. O que pode dar errado?".

A garota se encostou na cama, pegou o livro, acendeu a luz do abajur e leu uma ou duas páginas, mas foi escorregando lentamente o livro aberto em seu colo. Ora falava sozinha, ora pensava alternado com o livro na mão. Sem prestar atenção, adormeceu.

Capítulo 4

DEPOIS DA TEMPESTADE

Nada era mais romântico que terminar a noite na praia, caminhar sob as estrelas, descalços à beira do mar, tendo a Lua como parceira a vigiá-los... Então os mais tímidos caminhavam lado a lado, os outros se abraçavam e os mais atirados davam beijos de dar inveja a quem passava. Paravam, beijavam, andavam de um lado para outro, as sandálias nas mãos, sentindo a areia nos pés. Os engraçadinhos iam pular ondas e até jogar água uns nos outros.

As semanas e os meses iam passando rapidamente com as cenas se repetindo. Os encontros marcados ocorriam sempre na mesma hora e lugar. Raramente alguém faltava, com exceção de Rafael, que continuou a se encontrar com a novinha.

Três, quatro, cinco meses de namoro firme. Rodrigo parou de beber, sentia que precisava cuidar melhor de Patrícia. Estava tão apaixonado que percebia quando a moça mudava de humor.

Enquanto conversava com Rodrigo, Patrícia sentiu um aperto no peito, deu uma franzida na testa e levou a mão ao coração. O garoto percebeu e, prestativo, perguntou:

— Algum problema? O que foi? Você está bem?

— Sim, não foi nada, só um leve desconforto.

A praia estava lotada e o casal estava próximo da estrada. Do outro lado passava um rapaz que não lhe agradava, estudou na mesma escola que ela no ensino fundamental. Havia algo nele que não lhe fazia bem, ela nunca soube explicar o que acontecia, apenas tinha certeza de que era importante manter distância. O jeito de olhar, de falar, a arrogância, o ar de superioridade, as maldades e provocações. Mas tinha algo que ela esqueceu, fez questão de esquecer.

Rodrigo percebeu e disse:

— É aquele cara? Ele está te perturbando? Eu o pego!

O coração do garoto acelerou, o sangue subiu para a cabeça, ficou vermelho e nervoso, à flor da pele, querendo saber o que o cara fez. Sentia seu coração apertado e um sentimento incontrolável de defender a moça.

— Não! Não! Não o encare! Depois te explico, é complicado. Olha aqui, confia em mim. Confia em mim.

Ela colocou a mão no rosto do garoto e suavemente o conduziu à sua frente, olha-o nos olhos, e beijou-o nos lábios com carinho. Baixinho ela pediu:

— Me abrace e fica comigo, estou precisando do seu abraço e do seu calor. Só isso agora. Faz isso por mim?

Lágrimas escorreram dos olhos da garota e ela baixou o rosto. Ele limpou delicadamente as lágrimas com a ponta dos dedos. Abraçou seu corpo com carinho e apertou contra o seu, ficaram ali abraçados por alguns segundos, tempo suficiente para que Patrícia voltasse ao passado. Flashes de tempos difíceis passavam em sua mente, via-se aos 5 anos, cabelos enroscados e a mãe tentando desembaraçar, doía muito e ela chorava. Precisava se arrumar para ir brincar, evitaria os deboches. Mesmo assim, a avó, dona Vilma, baixava-se na altura da menina, olhava-a nos olhos e dizia:

— Patrícia, filhinha, você é linda, perfeita, não deixe ninguém te magoar. Seu cabelo é lindo, um pouco rebelde como você, mas ele e você vão crescer e ficar lindos e fortes. Agora vá. Vá brincar.

— Patrícia! Patrícia. — A amiguinha chamava. — Vamos escorregar no barranco.

— Patrícia! Patrícia, algo errado? — Rodrigo despertou a garota de seus pensamentos, ajeitou seus cabelos com os dedos, levantou seu queijo e deu um leve beijo em seus lábios.

Ela correspondeu aos carinhos e relaxou, esquecendo a figura que desapareceu na multidão.

Já Adriana e Leonardo resolveram andar na areia para conversar. Ele a observava de cima abaixo enquanto ela andava. Seus pensamentos flutuavam tentando pontuar os prós e os contras de uma possível relação.

Loira, linda, cabelos longos levemente cacheados, cintura fina. O vestido curto, pretinho básico, valorizava suas curvas, pernas bem torneadas, e uma sandália de salto com estilo. Estava simples, mas ao mesmo tempo chamava a atenção pelo seu conjunto. Fascinavam os olhos azuis e o falar divertido, contando de suas viagens e da liberdade que tem com seus pais, deveria ser bem de vida, estudava e ainda não trabalhava. Além de linda, era inteligente e sem preconceitos até então. E se os pais fossem preconceituosos, se não gostassem de negros? Quem garante?

Sentia que precisava ir com calma e primeiro descobrir o que ela esperava da relação. Ambos já tinham 23 anos e ele estava cansado de se machucar.

Em sua cabeça ouvia uma voz lhe dizer "Garotas como essa gostam de usar e jogar fora". Tentava não ouvir, até brigava com seus pensamentos, era como se tivesse três pessoas em uma, dois dentro dele falando. Um dizia coisas do bem e outro coisas do mal, e no meio estava ele tendo que optar por qual caminho seguir, qual decisão tomar.

"E agora, Leonardo, deu corda para ela! Não entre nessa, Você vai se apaixonar e ela vai te abandonar igual às outras". Num impulso ele gritou:

— Pare!

— O que foi? Aconteceu algo errado?

— Não! Desculpe. Foi coisa da minha cabeça.

— Como assim?

— Nada, não! Outro dia conversamos. Pode ser?

— Claro.

A moça pegou-o pela mão e disse:

— Vem cá, olhe que linda está a Lua.

— Verdade.

Com a luz da Lua, as estrelas, a música de fundo, as ondas do mar balançando e o romance, Leonardo perdeu-se dos pensamentos e atirou-se nos braços de Adriana.

— É tarde, vamos voltar.

— Sim, as meninas devem estar preocupadas.

Por alguns minutos Rodrigo e Patrícia tinham se afastado, pareciam mais melosos, apaixonados. Os outros queriam dançar, conversar e rir. Estava gostoso aproveitar a balada e queriam que a noite não terminasse. Porém o DJ avisou que iria tocar a segunda saideira para terminar a noite com chave de ouro.

Capítulo 5

AMIGO FIEL

Ela caminhava levemente pela praia, seus pés escorregavam entre a areia branca macia, as ondas brincavam umas sobre as outras e se desfaziam ao seu encontro. Abaixava-se e sentia com o toque dos dedos a água morna pelo Sol de verão. A água molhava as pontas do vestido de renda branca, uma transparência que usava sobre o biquíni, sandálias penduradas nas mãos e nada parecia preocupá-la.

A paisagem harmoniosa fazia companhia à figura tranquila que passeava pela praia. Os olhos negros brilhantes procuravam por algo que, com delicadeza, a moça disfarçava, brincava com a água, ora juntava conchinhas no chão, ora devolvia ao mar, despreocupada olhava as ondas, sorria timidamente para as pessoas que passavam. As suaves curvas do corpo deixavam pegadas finas pela areia e o cabelo longo escorrido voava com a brisa que tocava a pele bronzeada.

Ao longo do caminho a paisagem se modificava, com pedras maravilhosas de tamanhos diferentes. A garota pulava com a ponta dos pés, equilibrava-se, ora seguia em frente, ora parava, se sentava e contemplava a beleza da biodiversidade do ambiente. Alguns pássaros brincavam à beira-mar, comiam peixinhos e namoravam.

As árvores pequenas que brotavam em meio às pedras formavam um pequeno mangue e, nas encostas grandes, árvores centenárias com raízes profundas e partes expostas formavam um local interessante para sentar-se, apreciar os troncos enormes com galhos tão frondosos quanto a sua majestosa aparência, tudo parecia tão perfeito! O verde das plantas fazia contraste com a areia, o marrom do casco da árvore, a pintura celestial com pequenos animais brancos de nuvem ao fundo e o canto do mar, o conjunto hipnotizava a ponto de meditar.

Acordava do sonho com o barulho do quebrar das folhas secas do chão, alguém chegava devagar, passos firmes e ao mesmo tempo tranquilos. Vinha observando a natureza com olhos de adolescente que, empolgado, via o marzão como o infinito e, se tivesse a onda perfeita, poderia surfar. Mas sem onda, era possível nadar até a ilha que ficava não muito distante. E ele pensava e falava sozinho:

— O que será que há na ilha? Animais, vegetação, pessoas?

Os pensamentos iam se embolando na cabeça do garoto que aos poucos retornava à lucidez e lembrava-se do encontro que havia marcado. Continuava andando lentamente para fazer o mínimo de barulho, pois de longe viu a bela figura. Estava mais linda que nunca, embaixo de uma enorme árvore, a figueira-de-bengala (*fícus benghaleses),* também conhecida como árvore da gralha, que para quem não conhece produz raízes aéreas delgadas que crescem até atingir o solo, começando então a engrossar, formando troncos indistinguíveis do tronco principal.

No caminho ele correu pela praia, na areia pegou as sandálias, colocou debaixo do braço, momento em que passou a ser seguido por um pequeno cachorro que o acompanhou por algum tempo, mas desistiu de seguir o garoto que, apesar de magro, seguia com um pique de atleta. O pequeno vira-lata latia chamando a atenção do rapaz, que passou a olhar e conversar com ele como se entendesse o que o bichinho rosnava. E passou a falar sozinho:

— Cara! Será que ela gostou de mim? Estou muito magro, preciso ganhar peso e não consigo. Sabe, fiz de tudo, nutricionista, academia, levanto peso e nada. Dizem que é o biótipo, a família toda é assim, magra de doer. Será que ela veio? A mamãe me atrasou, ficou pedindo um monte de coisas. "Meu filho! Desce essa caixa! Sobe aquela ali!". E assim foi umas cinco ou seis, isso porque falei que tinha um compromisso. Antes que começasse o interrogatório, saí em disparada e só ouvi as reclamações.

Rafael imitava a mãe em tom engraçado de voz:

— "Pode isso? Mal-educado, não me disse onde foi, não, e deu um beijinho. Será que levou casaco? Vai chover. Artur, qual a previsão do tempo?". Totó, veja o que o cara precisa aguentar, mais alguns anos estarei formado e aí ganho minha carta de alforria. Você não está entendendo, concorda comigo que minha mãe precisa de tratamento. Papai anda muito distraído e não lhe dá mais atenção. Lê o jornal, abaixa os olhos, toma o café e finge não ouvir, faz hum, hum-hum, barulhos para demonstrar interesse. Deve estar trabalhando muito, ou será que existe outra razão? Sabe como é, homem quando chega aos 40 pensa que virou garotão.

O cachorro foi até a água, cheirou ali e aqui, pareceu seguir algo. Mas o rapaz não ligou, queria mesmo era conversar e continuou.

— Bob, já minha mãe está sempre preocupada com os filhos, quer fazer tudo por todos, quase não pensa nela e paparica demais o papai. Acho que ele cansou de tantos mimos e da mamãe. Se for o que eu estou pensando, coitada! Falei demais? Ei, Rex! Desistiu, cara? Poxa, Totó, agora que eu ia te contar que minha mãe é uma tremenda gata, um baita de um loirão, toda charmosa, delicada e ainda por cima inteligente. Ainda bem que ela resolveu terminar os estudos, vai se formar pedagoga, caso papai a deixe ela terá uma ocupação. Eu amo a minha galega e não quero vê-la sofrer. Ele se foi mesmo! Acho que o papo estava chato, como sempre falei demais. Vou tentar falar menos com a gata para não espantar.

O cachorro vira-lata era bonitinho, branco com algumas manchas no tom caramelo, charmoso, era baixinho e levemente gordo. "Gordo, não!", pensou em tom de discriminação. "Como fui preconceituoso, só era bem tratado. Tinha até uma coleira de couro com uma correntinha, devia ter o nome, mas não ia me arriscar a levar uma mordida. E, balançando o rabo saiu de fininho".

— Está cansado? Beleza! Estou sozinho novamente, sem problemas, já me a acostumei falar sozinho. Cara, não é que ela veio?! O que eu faço agora? Meu Deus, ela é ainda mais linda! Ontem era noite e não tinha visto direito, só percebi que era doce, com voz suave, falava baixo, com um sorriso tranquilo, olhos brilhantes e lábios carnudos levemente acesos com um batom cereja. Sentia o cheiro de seu perfume de longe, passei em uma loja de perfumaria e pedi para cheirar um a um até encontrar um parecido, que levei para casa. Não queria perder o cheiro daquela menina. Na verdade, senti medo de não a ver mais.

Quando avistou o vulto ao longe, seu coração acelerou, ela estava lá, sentada delicadamente, pernas levemente encolhidas e com as mãos sobre os joelhos, parecia dormir. Vestido branco rendado, ombro a ombro e transparente, ressaltando o biquíni colorido no tom amarelo. Era uma pintura, embaixo da árvore da gralha. Levantou os olhos, se esticou e ace-nou com a mão. Levantou-se e caminhou levemente na areia, cuidando dos pés onde pisava.

E o encontro aconteceu. O garoto, ansioso, tratou de questionar:

— Você veio!

— Por que não viria?

— Sei lá, algum problema, mas que bom que veio!

— Também estou feliz, você atrasou?

— Sim, umas coisas em casa.

— Algo grave?

— Não, tranquilo. Você está ainda mais linda, esteve na praia hoje?

Nervoso, o garoto não sabia nem o que falar para a menina. Mas a recíproca era a mesma. Ela tremia e parecia estar com frio, mesmo com o Sol brilhando intensamente. O garoto, percebendo o nervoso da moça, tratou de deixá-la mais tranquila.

— Está frio aqui, vamos até o Sol caminhar um pouco, o que você acha?

— Legal. Verdade, estou com frio.

Olhavam-se e por minutos não conseguiam falar nada. Então Rafael tomava a iniciativa, mas pensava na conversa com o cachorro e tentava conter-se.

— O que fez ontem depois que saiu da praia? Ficou bem?

— Sim, voltei para casa e fui estudar um pouco, apesar das férias tem coisas que precisam de treino.

— Verdade, a Matemática é assim, precisa de muito treino para fixar. Está esquentando?

— Estou, sim, muito melhor aqui!

— Tem uma pedra ali na frente, é grande e tem uma vista incrível.

— Legal, também gosto de pedras, gosto muito de ir para Laguna, tem praias lindas com pedras maravilhosas.

— Conheço, já passei férias lá. Tem uma pedra enorme e um pouco torta, acho que é a Pedra do Frade.

— Sim, isso mesmo, local lindo para fotos e passar o dia em família. Fiz uma caminhada com amigos pelo Costão até essa pedra, mas tem pontos que são de difícil acesso.

— Muito legal. Você gosta de fazer trilhas?

— Gosto, sim.

— Você com esse jeitinho delicado! É difícil te visualizar subindo uma pedra, um costão, uma trilha de difícil acesso.

— Nossa! Que impressão te dei? Não sou assim delicada, bonequinha. Adoro trilhas, caminhadas, a natureza, a praia...

— Desculpa, não quis te ofender. Acho você linda, não frágil, apenas não te conheço ainda e a sua aparência é delicada. Amei te conhecer! — Apontou para frente para desconversar e disse: — A pedra é aquela ali.

— Está perdoado, mas pera aí. — A moça tirou o vestido, amarrou na cintura como uma saia para facilitar a corrida e disparou como um foguete. Em dois pulos estava em cima da pedra e lá de cima acenou. — E aí, ainda sou muito delicada?

Paralisado e com cara de bobo, ficou observando a moça a correr. Mesmo correndo, esbanjava beleza e com muita facilidade subiu a pedra num piscar de olhos.

O garoto estava tonto ainda, não sabia o que fazer, nem o que dizer, mas com o aceno e o sorriso se tocou que era a hora de subir. Pensou rapidamente que era hora de agir. Também deu uma breve corrida e em dois pulos chegou à pedra. De propósito, ao subir, chegou bem próximo da moça, fez um leve desequilíbrio e a segurou pela cintura, apertou-a contra seu peito e sentiu sua respiração ofegante. Os olhos se encontraram com o sorriso leve e um pouco malicioso e chegou a hora de lhe roubar o primeiro beijo. Foi breve, mas deu para sentir que foi correspondido, um pouco tímido, mas não demorou muito para os olhos voltarem a se encontrar e outros beijos foram se seguindo com mais ardor.

Sentaram-se na pedra e permaneceram ali por horas. Conversaram, abraçaram-se e trocaram beijinhos a tarde toda.

— É hora de ir.

— Verdade.

O silêncio de ambos ressaltou o barulho das ondas do mar. As gaivotas, o cachorro que apareceu latindo e um grito acordou os pensamentos do garoto.

— Billy! Billy, garoto, você veio.

— Totó! Rex!

— Não, o nome dele é Billy. É meu.

— O carinha que veio conversando comigo é seu cachorro?

— Você também conversa com cachorros?

— Billy, cara não conta nossos segredos para ela.

— Sério que vocês vão fazer isso comigo? Bora, Billy, já vi que desse mato não sai coelho, mas em casa a gente conversa. Não vai ganhar ossinho.

— Você também conversa com ele?

— Eu converso com o cachorro, com o papagaio, com a tartaruga, com o gato, e se aparecer um elefante na minha frente eu converso com ele também.

— Então, a senhorita está com um sério problema, vai precisar frequentar o psiquiatra pelos próximos seis meses. Com previsão para esticar o tratamento assim que eu me formar.

— Está certo, doutor. Mais alguma prescrição urgente?

— Com certeza, preciso te ver amanhã na mesma hora. O lugar a senhora escolhe, sem previsão de retorno para casa. Ok?

— Feito. Alguma receita?

— Sim, enquanto estiver ao meu lado, muitos beijos e abraços. E, quando ficar só, boas lembranças e recordações, fora a vontade de me encontrar e estar ao meu lado.

— Ok. Vai ser difícil seguir sua receita nesta ordem, mas prometo que vou tentar. Bora, Billy.

— Vamos, garoto.

Os dois saíram pela praia caminhando abraçados, o cachorro todo feliz ora ia à frente, ora ao lado.

Capítulo 6

SONHOS PERDIDOS

Elisa Bittencourt era a irmã mais velha de Adriana, filha de Inês e Pedro, aos 36 anos, casada com Evandro (48 anos), mãe das gêmeas, Sara e Sofia (15 anos), parecia ter tudo em sua vida. Casa bonita, carro do ano, um bom emprego, economicamente estável, mas sentia-se só. As meninas cresceram e Evandro parecia distraído, sempre ocupado com o escritório de advocacia, com as reuniões intermináveis, sem tempo para a família. As filhas preferiam a casa dos avós, era mais divertido. A piscina e os mimos dos avós eram o contraste que havia entre o silêncio absoluto ou as brigas dos pais.

Ainda tinha seu trabalho, como professora de faculdade precisava estar sempre disposta e atualizada, fazia correções de provas e trabalhos, muitos desses corrigidos em casa. Tudo isso lhe tirava muito tempo e, por causa da gravidez complicada, deixou seu doutorado para trás, várias vezes tentou começar, mas parava por algum problema.

Já havia postergado por muito tempo e agora surgia uma nova oportunidade, com as crianças crescidas, o casamento desmoronando, o amor de sua vida não existia mais, era chegada a hora de ir para a Amazônia, o Pantanal ou quem sabe mais longe estudar as flores, plantas, cascas de árvores ou até os jacarés.

Estava bem chateada pensando no marido, que estava chegando tarde, jantando fora, sempre cansado, nos fins de semana tinha que estudar um processo sério, uma trilha de bicicleta com os amigos ou precisava conversar com a mãe. Qualquer coisa era melhor que ficar com a família.

Elisa recordava com carinho o dia que conheceu Evandro. Atleta do colégio, era levantador do time de voleibol, porte atlético, magro, alto e lindo, cobiçado por todas as meninas. Mas quando se viram foi amor à primeira vista, três anos de namoro chiclete, um noivado rápido e duas filhas de uma vez. Foi tudo muito rápido, 15 anos de uma vida, o casamento dos sonhos.

A moça se encostou no sofá, cruzou as pernas, colocou os braços atrás do pescoço, fechou os olhos e começou a imaginar a cena.

O dia estava lindo e com um clima romântico no ar, a areia da praia branquinha. Montaram com detalhes um altar na areia, não faltaram arcos de flores do campo, ramalhetes brancos com botões coloridos que enfeitavam todos os cantos. Após os pais e padrinhos, entraram os noivos. Ela com um vestido branco esvoaçante, ombros delicados a amostra sob uma renda transparente. Uma coroa fininha de flores iluminava seu rosto delicado. A música tocava e a imagem ficava ainda mais bela. Com a noiva, estava o noivo, trajando uma calça de linho branca, camisa leve em tom azul claro, mangas dobradas ao punho. Descalços ficavam ainda mais lindos e elegantes juntos.

Um dia de sonhos, dançaram a noite toda e seguiram no outro dia para Bonito, no Mato Grosso do Sul, pois ambos eram amantes da natureza, de aventura e o local era perfeito para a lua de mel.

Fizeram inúmeras trilhas, passaram por cachoeiras maravilhosas e piscinas naturais com água quente e transparente.

Continuava recordando partes de sua história e tentava entender o que se perdeu no caminho. Fotos, passeios, muitas coisas havia deixado para trás e não era interessante recordar, porque fazia ela lembrar o que perdeu de fato.

Tinham um amor intenso. Ela recordava dos sentimentos ardentes, da paixão e carinho que alimentaram por tantos anos. Lembrava de suas mãos, seus beijos, seu coração batendo junto ao dela. Quanto mais o tempo passava, mais seus corpos encaixavam-se perfeitamente. Havia amor em suas palavras e ela não recordava exatamente onde tudo isso se perdeu.

— Amor! Que amor? — Elisa resmungou em tom alto, olhou para os lados certificando-se de que não havia ninguém em casa. Encostou-se novamente no sofá e continuou seus pensamentos. — Não sei se existe mais amor, ele está tão frio, parece aquela geladeira! — Olhou para a foto em cima do móvel e resmungou. — Ele ainda é tão lindo!

Em seguida continuou a fazer planos.

— Quem sabe se eu fizer um jantar especial? Não vai rolar. Vai esfriar e ele não vai chegar com fome. E uma lingerie nova? Já tem tantas na gaveta, tanto faz dormir com uma camisola nova ou dormir pelada, vai dar na mesma. Vai é dizer que eu estou doida, é bom marcar um psiquiatra. Quer saber? Vou estudar! Quem sabe se eu der um pouco de desprezo ele sente a minha falta. O caldo já entornou mesmo. Agora é chutar o balde.

Foi para o quarto, adormeceu e não viu o tempo passar nem Evandro se deitar.

Ele acordou disposto, colocou a roupa de caminhada e disse:

— Bom dia, amor!

— Bom dia.

— Dormiu bem?

— Sim.

— Algum problema?

— Não.

Elisa estava distante, pensando no futuro, há dias que se concentrava em mudar a sua vida. Ia mexer com o futuro de todos, mas era necessário. Agora estava disposta a passar na faculdade e fazer os últimos ajustes, verificar se estava tudo certo para o doutorado, que boa parte seria executada no Pantanal. As meninas iam ficar com os avós, não era mais novidade, já passavam mais tempo lá do que em casa, eram loucas pela piscina.

— Evandro, percebeu que as meninas preferem a casa de meus pais que a nossa? Elas têm passado quase toda a semana lá.

— Sim, é verdade! O que posso fazer? Proibir é pior e seu pai adora a companhia da Sara, a Sofia com certeza prefere dona Inês.

— Verdade.

Ficou calada por uns segundos, pois assim a conversa ficaria mais fácil, as meninas poderiam ficar com a mãe em sua viagem de estudos. Seria uma pausa da vida em família, descanso das brigas e quem sabe um dia o amor voltasse a reinar. Para Deus nada é impossível.

— Amor, o que está pensando? Sério que você não vai dizer o que está acontecendo?

Elisa estava distante, precisava agora passar na faculdade e verificar se estava tudo certo com a bolsa de doutorado. Aí teria que falar para as crianças e para Evandro que iria passar alguns anos fora. Talvez pudesse optar por ficar no Brasil, no Pantanal, ou até seguir mais além, tudo dependeria do rumo das pesquisas e dos recursos financeiros disponíveis. Agora era necessário conversar com o marido, os pais já estavam preparados. E num estalo, após seus questionamentos, ela respondeu:

— Saiu minha bolsa de doutorado.

— Como?

— Isso que você ouviu! Vou estudar. Ou melhor, terminar de onde parei. Já perdi muito tempo de minha vida e preciso correr atrás do prejuízo.

— Então agora família tem outro nome? Prejuízo!

— Não, Evandro! Não seja irônico! Não se faça de bobo, você entendeu.

— O que vai fazer? Vai largar a mim e as meninas?

— É temporário. E assim como está não dá para ficar.

— Como está o quê?

— A nossa relação, se é que tem uma relação! Faz tempo que não tenho mais marido. Você está sempre cansado e prefere o trabalho e os amigos.

— Não é verdade! — Disse Evandro indignado.

— É, sim! Vamos jantar fora hoje?

— O quê?

— Isso! Responde! Vamos jantar fora?

— Não dá! Você está apelando. Sabe que eu já tenho compromisso.

— Você sempre tem compromisso. São anos assim. Cansei! Você tá vendo como não conversamos mais, não saímos, não somos mais um casal. É melhor dar um tempo. — Completou Elisa.

Ele se calou. Ela se levantou da mesa, pegou as chaves do seu carro e saiu batendo a porta.

Evandro apoiou os cotovelos na mesa e colocou as mãos na cabeça como se não entendesse o que estava acontecendo.

Elisa chegou à casa de sua mãe e terminou a conversa que havia adiantado dias antes. Abraçou a mãe com carinho e disse:

— Acabou, mamãe. Meu casamento acabou!

— O que foi, minha filha? O que aconteceu desta vez? Calma, respire e me conte tudo.

Após fazer o relato de tudo que aconteceu com detalhes, Elisa avisou a mãe sobre a decisão que tomou, que tudo estava certo e que precisava de tempo para pôr sua cabeça em ordem.

— Mamãe, não é só meu casamento que está em jogo, é minha saúde mental, minha autoestima! Sou eu. Tenho me anulado como pessoa. São mais de 15 anos que vivo em função de minha família. Eu e meu trabalho sempre em último plano. E isso não está me fazendo bem. Não sei mais quem sou!

Elisa chorou copiosamente no colo da mãe, até que aos poucos, ouvindo suas palavras de carinho, foi se acalmando.

— Entendo, filha, na vida sempre existe uma solução para tudo. Este tempo para você pode ser um bom caminho. Já havia percebido sua mágoa por não terminar seus propósitos. Há coisas na vida que começamos e não podemos deixar para trás.

— É isso que sinto, mamãe, como se faltasse fazer algo! Falta um pedaço em mim. Não sei se vou encontrar com esta viagem ou terminando meus estudos, mas não posso carregar este fardo da sensação de que deixei de fazer. Posso me arrepender do que fiz, mas jamais do que não fiz. Preciso lutar até o fim.

— Verdade. Se for o que pretende no momento, deve ir em frente e acredito que seu pai não irá te desapontar. Vamos estar ao seu lado. Quando deixamos nossos sonhos de lado nos tornamos pessoas amargas, a viver no automático, e muitas vezes, mesmo sem querer, passamos a acusar o próximo por nossas frustrações. Ocorre inconscientemente. Acredito que se você terminar seus estudos em dois ou três anos, voltará feliz e realizada. E será novamente a Elisa que conhecíamos.

— Sim!

— Talvez seja isso que te impeça hoje de ser feliz!

— E o Evandro, mãe? Vou perdê-lo?

— Não perdemos aquilo que não temos. Ele não é sua propriedade. Tem livre arbítrio, assim como você, terá tempo suficiente para escolher se quer ficar com você ou esquecê-la. O mesmo acontecerá com você. E isso só o tempo dirá.

A moça suspirou fundo, enxugou as lágrimas e disse:

— Você está certa, mamãe, preciso dar um rumo a minha vida, ficar aqui chorando não vai resolver nada. E como está não dá para ficar. Estou morrendo aos poucos e perdi a alegria de viver.

— Calma, meu bem! Tudo vai dar certo. Tenha fé.

— Com seu apoio terei! Preciso lavar o rosto.

Entrou no lavabo, lavou o rosto, retocou o batom, ajeitou os longos cabelos loiros e levemente enrolados. Apesar dos seus 36 anos, Elisa mantinha a elegância, era magra, alta e vestia-se muito bem. Usava salto, deixando-a ainda mais elegante.

Quando a filha retornou, a mãe trocou de assunto para deixá-la mais tranquila.

— As meninas são bem-vindas, a casa é grande e tem quarto sobrando, é fácil ajeitar a vinda definitiva para cá.

— Que bom, mãe!

— Seu pai vai ficar animado com a presença da Sara todos os dias. A Sofia está aprendendo a bordar.

— Fico feliz, mamãe, por ter o apoio de minha família. Assim o tempo passará mais fácil. Vou ficar bem sabendo que todos estão em segurança. Preciso que fique de olho no Evandro também, aquele cabeça de vento só quer saber de trabalhar. Tentei levá-lo para fazer um check-up, mas foi em vão.

— Pode deixar, daremos um empurrão. Sabe como os homens são solidários, ele vai ouvir seu pai.

— Ah, mamãe, só você para me tirar esse peso dos ombros.

— Vamos tomar um café?

— Claro!

Após o café despediu-se da mãe, passando em algumas lojas pegando coisas úteis, uma mala nova pequena e uma bolsa de mão para a viagem, e na faculdade para acertar os últimos detalhes. No caminho pensou nas poucas roupas que iria levar. Tudo bem prático e o que faltasse compraria no local. "O menos muitas vezes é mais, meu objetivo é estudar".

Foi da reitoria para o departamento de doutorado e para outros setores que lhe foram indicados e retornou para casa com os planos traçados. Comprou a passagem e foi embora para casa. Quando ela chegou, as meninas estavam na sala de TV.

— Oi, meninas! Algo interessante?

— Não, mamãe! O mesmo de sempre.

— Podemos conversar?

— Sim!

Iniciou uma longa conversa com as filhas explicando por que elas iriam morar um tempo com os avós. As garotas não esconderam a alegria, a casa da vovó era um verdadeiro parque de diversões, piscina, pebolim, praia, jogos de cartas e muito sorvete, as regras eram poucas, bem menos que em casa. Ainda iam ficar livres das brigas do pai e da mãe e de lavar a louça. A troca era perfeita.

Enquanto isso, Evandro ouvia a conversa atrás da porta, chegou pela cozinha, encostou-se e ficou.

— Queridas, a mamãe vai passar um tempo fora estudando, mas vou vir sempre que possível. Vou fazer um doutorado.

— Legal, mãe.

Quando percebeu que ela havia terminado, entrou devagar, sentou-se no sofá e disse:

— Ok, meninas, vão para o banho. Elisa, ouvi tudo! Entendo e respeito. Desculpe por hoje, o sangue estava quente.

Ela olhou em seus olhos por um instante e resolveu deixá-lo falar. Era melhor ouvir tudo. Estava cansada, havia chorado, falado, chorado novamente. A cabeça estava um balaio, a vida virou de pernas para o ar.

— Eu te amo e sei que tenho sido um péssimo marido, desleixado, só penso em trabalho e você precisa de mais.

— Eu?

— Espera! Sim, você precisa e eu também. Tá difícil para nós. E esse tempo vai ser bom.

Ela respirou lentamente e não falou mais nada, esperava que o marido chorasse, brigasse, implorasse para ela ficar e ele aceitou assim, tranquilo! Fácil assim, engoliu o choro.

— Vou ver as meninas.

— Espera, não terminei!

— Eu terminei! Tá bom por hoje. Com licença.

— Arrumou as filhas e dormiu no quarto com elas, não tinha mais estômago para encarar o marido.

Evandro pegou o telefone e ligou para a mãe, dona Zilda:

— Mãe, não deu certo! Ela ficou mais brava ainda. Eu tinha que ter pedido para ela ficar.

— Não, meu filho, quanto mais você prender, mais longe ela vai ficar. Se você der a distância que ela precisa, vão sentir falta um do outro e tudo estará resolvido. Tudo passa. Isso também passará.

— Será, mãe?

— Acredite, meu filho! Ela volta. Dê o tempo que Elisa precisa, ela te ama, só está cansada e confusa.

— Obrigada, mãe.

— Tenha paciência.

— Terei. Boa noite, mãe. Sua benção.

— Deus te abençoe, meu filho.

Evandro ficou remoendo as palavras da mãe, no fundo faziam sentido. Mas ele também precisava aproveitar o tempo longe da esposa para resgatar o velho Evandro, o cara atlético, disposto, alegre que deixou para trás. Precisava ir a um médico fazer um check-up, tomar vitaminas, fazer exercícios, uma dieta.

Estava se sentindo cansado. Duas voltas na quadra e encostava a bicicleta, havia algo errado, mas não queria chatear a esposa. E tinha o medo de começar "algo" e não poder terminar, faltava-lhe energia. Então, era melhor afogar-se no trabalho, enchê-la de presentes caros para ela não sentir sua falta.

— Não deu certo! Ela não me ama mais! — A sua cabeça martelava e algo dizia "Médico... médico!!!". — Resolvido. Enquanto ela vai estudar eu vou ao médico, deve haver tratamento e tudo vai dar certo. Ela vai sentir saudades. E eu vou abraçá-la como antigamente.

Por um instante ele recordou o dia que conheceu a moça, o baile e a primeira música. Tocava Cazuza, "Amor da minha vida, daqui até a eternidade, nossos destinos foram traçados na maternidade...".

— Será que ela lembra?

Dormiu pensando na música, no médico, na esposa, nos jacarés...

Elisa partiu. Evandro levou as filhas ao aeroporto para se despedirem da mãe. Elas riam e brincavam ao ver o avião decolar, não haviam percebido a gravidade do problema. A mãe ia estudar e logo a vida voltaria ao normal, apenas isso que precisavam saber.

Capítulo 7

SURPRESA!

— Querida, já são 8h da manhã e seu pai te aguarda para tomar café.

— Ah, mãe, por favor, me deixe dormir mais um pouquinho, hoje é domingo.

— Você esqueceu que dia é hoje?

Em um salto ela se sentou na cama:

— Aniversário do papai! A senhora comprou o bolo?

— Sim! Acabou de chegar, como combinado, vamos tomar café da manhã com bolo.

— Só um minuto, mamãe. Tempo de colocar um robe. Não podemos deixar papai esperando.

Seguiu para a cozinha e a mãe pegou o bolo da geladeira. Maria Claudia acendeu as velinhas e começaram a cantar os parabéns. O pai franziu a testa, deu um sorriso de surpresa e esperou elas terminarem a cantoria. Ele soprou as velinhas de 58 anos e sorriu dizendo:

— Não precisava de bolo, não sou mais criança.

— Calma, papai, o melhor está por vir! Vou pegar o seu presente.

Ele riu e disse:

— Quando Maria vai crescer?

A garota saiu correndo feito criança e voltou alguns minutos depois, esbaforida, com um envelope na mão. Antônio já estava acostumado a ganhar sapatos, gravatas, chinelos e nesse dia a filha apareceu com um envelope.

— Nossa! O que será que tem aí?

Abriu o envelope e para sua surpresa eram ingressos para a final do jogo do Clássico Figueirense e Avaí.

A garota surpreendeu todos, pois nem a mãe sabia da novidade, fazia anos que o pai não ia ver um jogo de futebol ao vivo no ginásio de esportes, coisa que ele fazia sempre quando solteiro e enquanto os filhos ainda eram pequenos. Mesmo agora, com os filhos já adultos, não tinha tempo para essas bobagens. Assistia aos jogos na televisão, quase sempre acompanhado pelo caçula Antônio, ou Tony, como gostava de ser chamado. Sempre que possível torciam pelo Figueirense e, quando dava, pelo Vasco.

Enquanto olhava para os cartões, sentiu flashes da vida passarem em sua frente, bola na trave, o uniforme preto e branco, o agito do campo, o grito de gol e lágrimas correram em seu rosto. Só despertou do transe com o abraço da filha perguntando:

— Gostou da surpresa, papai?

— Claro, meu bem. São quatro convites?

Tony chegou gritando:

— Cheguei! Tem café? Estou com fome. Oi, mãe. E aí, pai, tá ficando mais velho! — Deu um abraço apertado no pai, alguns tapas nas costas e disse-lhe no ouvido: — Pai, você sabe o quanto te amo e te desejo que seja muito feliz.

Antônio correspondeu ao abraço, apertou o filho e agradeceu. Para não chorar, tratou de mudar de conversa.

—Dá para dizer onde o senhor dormiu? E não adianta vir com fala mansa, não, hoje vamos conversar.

— Ora, papai! Avisei a mamãe que estava na casa da Vitória. Sério que ela se esqueceu de avisar?

A esposa trouxe-lhe mais um vidro de perfume e entregou.

— Nossa, como estou sendo mimado. Amor, você esqueceu que Toninho ia dormir fora!

—Verdade, esqueci! Também, quando ele ligou você já estava roncando e hoje acordou antes de todos. Só nos vimos agora.

— Certo, dessa vez passa. Da próxima vez você avisa com antecedência para não deixar a família preocupada. Eu sou da época que mesmo que o filho seja maior de idade, mas vivendo debaixo do teto dos pais, deve respeito. Não aceito que saiam sem dizer onde e com quem estão. Gosto de tudo bem certinho.

— Eu sei, papai, desculpe. Não queria incomodar. Tampouco em um dia tão especial como hoje.

Maria trocou a conversa e disse:

— Verdade, hoje o dia é muito especial e está só começando. Temos muitas surpresas e por isso vamos terminar nosso café. Vamos colocar mais algumas delícias na mesa e depois papai vai se arrumar para a piscina, que hoje vai ser muito mimado.

Terminaram o café e o pai foi para o quarto trocar a roupa e fazer sua higiene matinal. Enquanto isso os filhos ficaram confabulando.

— Tony, você preparou tudo conforme combinamos?

— Sim. Passei a noite em claro na casa da Vitória e ela me ajudou.

— Que bom. Agora arrume a televisão, o DVD e tudo na área da piscina e churrasqueira, enquanto eu e mamãe vamos preparar os petiscos e o almoço. Os convidados chegam a partir das 10h.

— Ok. Deixa comigo! Do papai e da diversão cuido eu. O churrasco também já vou colocar para ficar no ponto.

— Seus amigos virão?

— Não, não convidei ninguém. Achei que este dia é do papai e preferi convidar a família e alguns amigos dele.

— Bom, fez bem.

Com a fala do irmão, Maria lembrou-se de Carlos e correu para ver o telefone, que estava no shortinho que usou à noite, porém já era tarde demais. A mãe havia colocado a roupa na máquina e este estava entre as roupas lavadas. A noite tinha sido muito boa, tinha recordações que lhe faziam sorrir sozinha, mas ao mesmo tempo pensar que talvez não encontrasse mais o garoto lhe trazia um aperto no peito. Tentou não pensar na situação, precisava estar atenta às tarefas que havia proposto. Ia fazer uma bela festa para o pai e essa era a missão para aquele dia.

Por um instante, Maria olhou para o céu e agradeceu:

— Obrigada, meu Deus, por este dia lindo, que hoje eu faça o meu melhor, pois o amanhã a ti pertence. E amanhã é outro dia!

Tony colocou música, a TV já está montada na área próxima da piscina, as cadeiras dispostas para os convidados, a bancada do bar arrumada, petiscos sobre as mesas, a churrasqueira acesa e a carne a rodar nos espetos eletrônicos. Tudo arrumado com antecedência e sem que o pai percebesse.

A campainha tocou e Helena foi atender. Eram os sogros, seu Walter e dona Maria. Chegaram junto os irmãos e cunhados, Juliana, Inácia, Valter, Tereza, Terezinha, Jonas, Miguel... E a casa foi enchendo.

Antônio estava no quarto, já passava das 10h, havia tirado uma pestaninha e nem viu o povo chegar. A esposa, Helena, acordou o marido avisando que seus pais chegaram e estavam na piscina. Ele se levantou apressado, foi ao banheiro, passou uma água no rosto e nos cabelos, deu uma ajeitada com os dedos nos cabelos levemente grisalhos e perguntou para Helena como estava.

Ela deu um beijo, um sorriso e disse:

— Você está lindo.

Ele devolveu o beijo, sorriu e agradeceu.

— Obrigado, meu amor.

Chegando à piscina, levou um susto, esperava encontrar o pai e a mãe e encontrou a família inteira. Quase caiu para trás, olhou para a esposa e para os filhos e balançou a cabeça como sinal de indignação. Como puderam fazer aquilo tudo escondido debaixo de suas barbas, sem que ele percebesse qualquer coisa?!

E num coro a família cantou "Parabéns para você" mais uma vez. Logo começou uma roda de samba, alguns sobrinhos trouxeram instrumentos musicais e os petiscos começaram a rolar. As sobrinhas mais jovens ajudaram a servir e as mulheres estavam envolvidas na cozinha. Tudo estava acontecendo como Helena e os filhos planejaram. O pai estava feliz e era isso que importava.

As crianças dormiam pela casa após o longo dia de comilança e brincadeiras. As mulheres já se jogavam na sala a assistir à televisão e outras estavam na piscina. A festa terminou tarde da noite, muitos emendaram o dia, pois foram de longe, aproveitando para matar a saudade. A casa parecia um grande acampamento, pessoas dormindo por todo lado, outras curtindo a piscina, a comida e boa conversa. Estavam entre amigos e Antônio nunca esteve tão feliz.

Capítulo 8

CONFISSÕES

Carlos acordou cedo, dormiu pensando na garota que havia conhecido na festa, marcou de encontrá-la na praia e era só o que importava no momento. Ela era tão linda, inteligente e divertida, será que tinha gostado dele? Seus pensamentos flutuavam, tomou café, um banho gostoso, passou o melhor perfume, fez a barba delicadamente, ajeitou os cabelos negros passando os dedos entre eles e tudo estava certo. Colocou o shortinho e a melhor camiseta e se dirigiu à praia. Não era muito longe de casa e uma caminhada lhe faria bem, esperaria pelos colegas e por ela no local combinado.

Estava tão ansioso que chegou cedo à praia, sentou-se na areia e aguardou os outros. Aos poucos foi chegando o povo, Adriana e Patrícia foram deixadas na praia por um carrão, os meninos chegaram fazendo barulho, chamando a atenção da praia toda. Leonardo, Rodrigo, Carlos e até Rafael.

— Milagres acontecem, olhem quem conseguimos tirar da toca.

— Este é o famoso Rafael. Sim, o que nos deu furo. Mas ele tem uma boa explicação para os amigos, né?

— Claro! Parei no boteco para dar um tempo porque cheguei cedo. E tive um contratempo. Mas os amigos não perderam tempo e pelo visto se deram bem.

— Com certeza.

Rodrigo levou bola de futebol e Adriana uma de vôlei e uma frasqueira cheia de água e refrigerante que o pai fez questão de comprar para os amigos. Jogaram, brincaram e beberam até entardecer. Nem perceberam o dia passar, comeram besteiras pela praia, milho verde e picolé e o mais era só rir e falar besteiras.

Umas pequenas pausas para namorar, tempo suficiente para Carlos e Rafael conversarem. Carlos falava de Maria, da garota que não havia aparecido, e Rafael contava da sua experiência quase traumática com uma menina desconhecida. Ali mesmo na praia. Duas situações bem diferentes, mas que haviam marcado a vida dos dois adolescentes. Enquanto uns se divertiam, eles compartilhavam as dúvidas e sentimentos.

As conversas e confissões aconteciam periodicamente, e os encontros na praia ocorriam praticamente todos os dias nos fins de tarde. Era viciante namorar e colocar a conversa em dia. Mesmo faltando um ou outro era importante esse tempo entre amigos. Os laços estreitavam, e não eram simples amizades que o tempo desmancharia, mas sim uma fraternidade que rolava conselhos e confissões.

Dias e meses foram passando rapidamente, as provas na faculdade e o fim de semestre deixavam Leonardo, Rafael e Rodrigo assoberbados pelas tarefas universitárias. Apesar de não cursarem as mesmas fases, trocavam ideias e se ajudavam. Algumas disciplinas optativas podiam até fazerem juntos e isso facilitava o convívio deles. E, para Leonardo, era um grande refúgio ter os colegas ao seu lado, quando tudo lhe parecia desafiador. Para ele a vida era uma luta constante, era como se tivesse que matar um leão por dia e provar para ele e para os outros que era capaz.

Leonardo se perdeu em seus pensamentos e resolveu desabafar com Rafael e Rodrigo:

— Rafael, você não tem noção do fardo que carrega a cor da minha pele. Na cor da pele estão impregnados séculos de escravidão, preconceitos e histórias de lutas raciais, e por mais que se fale em justiça ou igualdade, os olhares e as piadas estão explícitas, as diretas e as indiretas, as portas que se fecham por conta da cor ou aparência. Quantas vezes temos que ouvir baixinho "Sai daí, macaco", "Cada macaco no seu galho" e você olha e não foi ninguém. E outras baixarias que nem ouso falar.

— Sim, também percebi a arrogância e o preconceito não apenas de alunos, mas também de alguns professores que não se manifestavam ao perceberem os fatos. Quando ignoramos as agressões e preconceitos estamos apoiando os agressores. — Disse Rodrigo.

— Eu sei, cara, eu também já vi isso. Já defendi as amigas de minha irmã. Os caras são racistas e preconceituosos porque em nosso país não existem leis, é tudo muito brando, e eles dão sempre um jeitinho de provar que foi engano, que não falaram que ouvimos errado e tudo acaba em pizza.

— Verdade.

— E um negro fazendo Medicina então? Eles me olham atravessado, sempre procurando alguma falha. E, pior, muitas vezes sinto isso até por parte dos professores. Percebo que exigem mais de mim, ficam em cima para perceber meus erros. Coisa que não acontece com o Osvaldo, por exemplo. O cara é um tanso. Não sei como vai se formar, mas ninguém observa seus erros gritantes. Vai passar sem o menor esforço. Tem nome e sobrenome e isso lhe basta.

— Verdade! Observei isso também. Quando faz alguma atividade sozinho, tira as piores notas. Passa raspando, sempre tem um empurrãozinho.

— Sim, e aquele tapinha nas costas. "Osvaldinho, você precisa estudar. Seu pai é um amigão".

— Ah... Você também viu isso.

— Claro.

— Sim, o cara tirou 5 em Anatomia, eu fui com 9,5 e ele disse "Muito bem, moço. Tenho que ver como você conseguiu esta nota". Questionando minha competência. Nem me elogiar eles conseguem. Negro e pobre não tem capacidade de ser um bom médico. O professor ainda está procurando falhas, como não encontra, fala em tom alto para me deixar em estado de apreensão.

Rafael acrescentou:

— Verdade. Nesta prova tirei 8,5 e também ganhei tapinha nas costas. Agora com sua fala fiz relação dos fatos. Vou começar a observar o professor.

— Sim, mas ele me paga. Só estou esperando pela formatura, pois ainda tenho medo do poder que ele exerce sobre os outros. E quase todos me tratam assim, com olhar de preconceito, duvidam de minhas capacidades. Mesmo quando o teste é oral, de conhecimento sobre anatomia humana ou clínica médica de estudo de caso, que temos que dar nossa posição sobre, diagnosticando a patologia, medicação, seguindo com tratamento, eles ainda ficam duvidosos, observando se estou colando de algum lugar. Percebo o olhar de surpresa e na testa dos caras está escrito com todas as letras "Quem soprou esta resposta perfeita nos ouvidos deste negrinho".

— Poxa, Léo, sinto muito. Mas quero que você saiba que pode contar comigo para qualquer coisa e concordo com você em manter a calma e aguardar a formatura. Você está provando a todos para que veio a este mundo, realmente será o melhor cardiologista que nosso estado já viu e você pode fazer especialização fora do país. Daí sim, vai quebrar a banca e tapar a boca desse povo.

— Com certeza, Deus há de me ajudar.

Rafael pediu licença e saiu discretamente, sabia que Rodrigo precisava falar em particular com Leonardo. Eram parceiros na Medicina e a desistência do amigo poderia causar um desconforto.

— Leonardo, também preciso desabafar! — Rodrigo abaixou a cabeça mostrando-se preocupado. Após uma pequena pausa, continuou.

— Fala aí, cara. Sou todo ouvido.

— Na verdade cansei do curso de Medicina, vou falar com meu pai. Só ainda não sei como! Não dá mais, cara, para seguir com a faculdade.

— Sério isso? Percebi que você não está feliz. E não é de hoje.

— Já deu para perceber?

— Sim, já vi umas conversas. Além das faltas e da perda de interesse, que também já havia percebido.

— Você está certo. Realmente estou relapso.

— E o que você vai fazer?

— Vou trancar por um tempo e depois verificar uma transferência para alguma disciplina afim. Quem sabe eu aproveite alguns créditos e até valide algumas disciplinas. Mas ainda estou preocupado com meu pai.

— Sei, mas o importante não é pensar em seu pai. Tem que pensar primeiro em você. Seu pai está com a vida ganha. Agora você tem que ir atrás dos seus objetivos. Seus e não dele! A vida é sua e precisa estar feliz e satisfeito na profissão que escolher.

— Pensei que você ia ficar chateado comigo.

— Eu? Enganou-se! Sou seu amigo e quero te ver bem, coisa que não tenho visto mais. Agora a pergunta que não quer calar... Tem algo em mente?

— Sim. Fisioterapia. Tem contato humano e até um quê de Medicina. A princípio não vou estar muito longe dos sonhos do meu velho.

— Verdade, é uma área muito boa e com excelente campo de trabalho. E, com certeza, vai estar muito próximo da Medicina. Trabalha parte do corpo humano e com certeza vai validar muitas disciplinas. E, cara, você sabe, Adriana está montando uma clínica, um espaço terapêutico bem legal.

— Sim, mas não entendi aonde você quer chegar.

— Elementar, meu caro Watson. Muito simples. Você pode associar-se à minha gata com seus préstimos. Na Fisioterapia você já tem conhecimento para ser útil e trabalhar.

— Olha, amigo, a ideia é boa, vou pensar. Só não fale com ela ainda. Deixa ver como fica essa história da faculdade. Hoje mesmo vou falar com meu pai. A conversa não vai ser fácil.

— Então relaxe agora e guarde energia para mais tarde.

— Verdade. Pega a bola aí.

— Vamos nessa.

Capítulo 9

APARÊNCIAS ENGANAM!

Outros encontros semelhantes foram acontecendo, o que marcava cada um deles era o sentimento que brotava no coração dos jovens. Era sempre envolto de muito carinho, uma relação forte e vibrante. O jovem estudante de Medicina esquecia-se da vida, da hora, dos compromissos, das provas complicadas e dos amigos quando estava ao lado daquele anjo de menina que, apesar de 15 anos, ora parecia uma boneca toda enfeitada com seus vestidos delicados e leves, ora parecia uma moleca com um skate e um boné de lado. Isso tornava a relação uma incógnita, o garoto precisava estar mais com ela para ver detalhes e entender o que acontecia. Ela era objeto de desejo, de amor, de estudo. Era tudo muito confuso ao garoto de 22 anos que já havia namorado outra vez com uma garota normal e por um período considerado longo.

A primeira namorada dizem que nunca se esquece. Alice era normal, conheceu-a no colegial e levaram o namoro até a sua ida para faculdade. Ela mudou de cidade e a despedida foi tranquila, era mais uma longa amizade do que um amor de juventude. Não havia ficado marcas ou ressentimentos, recordava com carinho as conversas, os passeios, as risadas, as idas à praia, mas tudo era muito normal. Soube que Alice estava noiva, que havia engravidado e estava com casamento marcado, mesmo assim estava feliz por ela.

— Ela merece ser feliz, é uma grande amiga. — Rafael ria sozinho com suas recordações. Flashes passavam em sua cabeça e logo voltava para Sofia e seu coração acelerava. Pensar em Sofia era diferente, queria estar com ela diuturnamente. Não tinha mais olhos para as outras meninas, nem queria mais ir para as baladas com os amigos, tudo perdera a graça. Agora a vida tinha mais cor, tinha as cores das "Sofias". E, de longe, avistava a luz que iluminava os melhores meses de sua vida.

Um silêncio e de repente o coração acelerou e ela parou. Seus olhos avistaram o que procurava, o garoto apareceu como do nada, deu um sorriso agradável e um leve beijo no rosto. Puxou-lhe pela mão e fez com que caminhasse mais rápido, tinha pressa de chegar ao destino. Ela aceitou a proposta e ambos foram de mãos dadas, apressados, quase que correndo pela praia, trilharam por um caminho de pedras e chegaram a um lugar muito bonito, passando por partes feitas de muretas de madeira e ferro.

No caminho havia uma trilha de pedra e grama e no entorno alguns bancos dispostos para apreciação da paisagem. No alto algumas obras de arte em madeira e ferro imitando personagens e até uma gigantesca obra em forma de pirâmide que dava certo charme e ar exotérico à natureza. Por todo o caminho a vista era deslumbrante, desde a água que beijava o Costão de pedras, que emolduravam a paisagem costeira. De qualquer ângulo que os jovens se posicionassem iam perceber a beleza da praia e toda a natureza à sua volta. Lindo de se ver.

O Sol esquentava, tornando o dia mais lindo e agradável. Fim de primavera, o verde estava mais verde e as flores cresciam mostrando todo o seu esplendor. Dia propício para o amor. Encontrando uma pedra confortável no alto da montanha, de frente para o mar, quase um penhasco, sentaram-se para contemplar o espetáculo da natureza que eram as exuberantes ondas a se desfazerem com entusiasmo no paredão de rochas, o barulho destas proporcionavam um efeito harmonioso, quase uma melodia. Dedos entrelaçados, olhos nos olhos hipnotizados, era impossível não chegar perto e tentar colar os lábios com delicadeza. Porém Sofia deslizava, parecia distraída e fugia de suas investidas.

Para Rafael só a sua presença era suficiente e conversar fazia parte do namoro, era importante conhecer o mundo de Sofia. Nada mais importava, apenas o ali e o agora, o coração acelerado e a sensação maravilhosa de estar em perfeita harmonia. Um conjunto de coisas boas que Deus colocou na terra para ser aproveitado. O som da água ao bater nas pedras e da brisa no rosto soprando os leves cabelos da moça, a paisagem verde, com o céu azul, pintado com leves nuvens brancas com formatos para brincar e todo o resto não importava mais.

O tempo passava e só reforçava o sentimento de que estavam apaixonados e a idade não interessava para eles. Este era um daqueles dias em que a garota estava mais alegre, vestia-se mais despojada. Tinha algo de interessante, trouxe consigo aquele skate e usava um shortinho verde esfarrapado e uma blusinha aparecendo as curvinhas da cintura. Os cabelos mais revoltosos pelo vento, bochechas coradas, parecia mais saudável. Até a conversa estava mais animada, falava sobre a viagem de seus pais e de agora poder curtir a vida melhor na casa dos avós, que o avô é o maior barato, que gosta de esportes e a apoia em tudo. Alegre, andava de skate como uma pluma, e para agradá-la ele a convidou para andar na Costeira.

— Na Costeira tem uma pista bem interessante, você conhece?

— Ainda não, você pode me levar lá!

— Com certeza, te levo quando quiser. Vai ser um prazer andar com você.

Riram gostosamente observando a paisagem. O tempo passou rapidamente e eles precisavam voltar para casa.

Rafael olhava a garota com carinho, observando detalhes e tentando comparar as diferenças que percebia na menina, tinha algo no olhar, no tom da voz, uma alegria que ele não havia percebido nos primeiros encontros. Mas no fundo o que importava era a presença dela. Notou que estava um pouco arisca e menos romântica. Talvez fosse o dia, tem dias que acordamos assim, com humor diferente.

O que importava é que estava feliz e animada, com o skate ela ficava assim, então, os parques e pistas de skate eram pequenos para os dois. Seguiam por meses indo à praia, brincando em todos os lugares, ele aplaudia e incentivava a namorada, que se mostrava um excelente esportista. Mas ele também amava quando ela preferia ficar em seus braços aproveitando a paisagem, lendo um bom livro ou falando sobre a Medicina. Ela tinha bastante interesse nas coisas do garoto, essa Sofia incentivava seus estudos, o ajudava a estudar, inclusive lhe cobrava os apontamentos, conhecia detalhes de sua vida, era uma menina singular.

A skatista era mais arredia, parceira para passear e muito brincalhona, mas na hora de namorar estava sempre com pressa. Arrumava uma desculpa para não se envolver. O skate, a bola de vôlei ou futebol estavam entre eles. Era muito bom se divertir, mas ficar junto fazia parte do namoro. Beijar e abraçar Sofia também era muito bom, então Rafael começou a estudar a psicanálise do skate. O que acontecia com Sofia nesses dias.

Seguiram outros encontros e Rafael sentia-se perdido, Sofia ora vinha toda arrumadinha com vestidinho floral e delicada, um pouco tímida e distraída, ora de calça larga e skate na mão, divertida, alegre e brincalhona, parecia estar namorando com duas pessoas diferentes. E não era só uma questão de roupa ou aparência. Era algo muito mais forte e importante. A coisa estava ficando séria, pois ele gostava da aparência da menina, mas estava preocupado com a mudança de humor, poderia ser algum distúrbio emocional, dupla personalidade. E como estudante de Medicina, sua namorada passou a ser seu objeto de pesquisa.

Ao mesmo tempo em que era parceira, amiga, namorada fiel, sabia seus sentimentos mais profundos, percebia quando ele não estava bem e o ajudava com as emoções. No fundo Rafael sentia-se dividido entre a paixão e alegria que sentia pela Sofia skatista e o amor e cumplicidade que encontrava na Sofia romântica. Era necessário desvendar o mistério e para isso pediu ajuda a seu amigo.

— Leonardo, preciso trocar umas ideias com você! Sabe a menina com quem estou saindo?

— A novinha?

— Sim, ela tem 15 anos, vai fazer 16 no mês que vem.

— Sei. O que houve?

— Não sei, tem alguma coisa errada nela. Não consegui descobrir ainda o que é! Ora ela tá doce e meiga, ora maluquinha e despojada. Muda até a roupa e o jeito de falar. Pode isso?

— Cara, não será dupla personalidade? Vamos investigar. Tente fazer as mesmas perguntas para ela várias vezes, para montarmos um diagnóstico. E, se você sentir que a garota é roubada, pule fora.

— Pode ser. Léo, já estou tão amarrado naquele jeitinho doce, nos olhos lindos e brilhantes. Mas também gosto da alegria e da vivacidade que a Sofia skatista traz. Uma é romântica, a outra aventureira, seria bom juntar as duas.

— Quem sabe se você descobrir o problema dela você chega à solução. Sem falar que ela pode ter transtorno bipolar. Tivemos prova recentemente, lembra?

— Sim, claro. A pessoa pode ter mudança de humor, ansiedade, apatia, apreensão, culpa, dificuldades para dormir, fadiga e fala rápida.

— Não esqueça que também afeta a cognição, causando delírio, falta de atenção, lentidão durante as atividades.

— Pior que ela não apresenta nenhum desses sintomas, é animada, alegre e faladeira. Ora se apresenta um pouco mais romântica e tímida, ora mais alegre e empolgada. Aparentava acompanhar a roupa que está vestindo, como se fosse um estado de espírito. Sabe quando acordamos bem naquele dia, e outro dia as coisas não estão tão legais? Tipo isso. Mesmo assim, ela gosta de trilha, caminhadas, escala uma pedra com muita rapidez, a mesma rapidez com que anda de skate. Eu amo a mistura das duas.

— Cara, então faça como combinamos, observe com calma e interrogue para ter certeza de que não é nada grave.

Após a conversa que Rafael teve com o amigo, passou a observar melhor Sofia, fazendo as mesmas perguntas com frequência. E, por incrível que pareça, a garota respondia com prazer e sempre algo semelhante, não fugindo muito ao questionário do dia anterior. Após alguns encontros, ela passou a questionar o porquê do excesso de perguntas e até a comentar que ele já havia perguntado antes, então Rafael parou.

Seis meses namorando e Sofia fez 16 anos, Rafael quis fazer uma surpresa para a menina. Primeiro porque já estava acostumado com a mudança de temperamento da namorada, passaram-se seis meses e como rapaz responsável queria assumir um namoro formal com a família. Era estudante de Medicina, pretendia fazer carreira até no exterior e não queria ficar longe da menina. Aos poucos a garota foi largando o skate e tornando-se mais sóbria, estava apaixonada. Fazia planos para, assim que ela fizesse 18 anos, se casarem.

Enquanto Rafael conversava com Leonardo e contava seus planos para o futuro e até desabafava sobre as mudanças de humor de Sofia, ela mantinha um diálogo com Sara tentando resolver a confusão que havia criado e que até o momento estava só entre elas.

— Sara, fez como combinamos? Falou com ele?

— Não, Sofia, chega! O carinha é legal e por luxo está apaixonado por você. Mas eu sou muito tímida, não sei namorar. E ele vai se cansar de mim.

— Não, ele já gosta muito de você e assim só estamos confundindo a cabeça dele. E daqui a pouco você vai confundir a minha também. Já pensou se eu me apaixono por ele? O que vamos fazer! Chega, me deixa desse seu rolo. Assume o garoto. Já pensou a hora que ele quiser conhecer nossos pais?

— Ele não quer?

— Como não? Deixou bem claro no último encontro que quer namorar sério, que não é mais criança, e você vai fazer 16. Vamos, né.

— Sério?

— Sim, por isso insisti para parar de alternar com você. Ele estava me enchendo de perguntas. Claro que percebi. E se não tivéssemos combinado tudo ele já havia descoberto. Você precisa contar a verdade ou vai perder o garoto. Sofia, ele não vai te perdoar. Pelo pouco que conheço Rafael, percebi que é um rapaz honesto, todo certinho, e se você não gosta dele não fique dando falsas ilusões ao garoto. Ele também é sensível.

— Sara, você está apaixonada por ele?

— Não! Não estou! Sem dúvidas ele é um cara bacana, mas não bate comigo, ele é muito mais a sua cara.

— Mas você fala dele com tanto carinho?

— Sim, você me fez andar com o cara mais de seis meses, eu já sou amiga dele e é complicado manter a distância, ser divertida e bancar a bobona para o cara não ficar me grudando. É pista de skate, estou sempre com fome ou com pressa. Ou ainda faço as conversas mais longas e complicadas sobre Medicina só para deixá-lo envolvido e não pegar no meu pé. No pé, na mão... Ele parece um polvo. Estou fora!

— Tá bom, Sara, vou falar com ele. O que você acha que eu devo fazer?

— Apresentar ele para a vovó e o vovô. Eu já contei que papai e mamãe estão em Cuiabá. Traga ele aqui. Fale com a vovó primeiro, conte tudo, inclusive sobre a brincadeira de mau gosto que fizemos com ele. Ela saberá conduzir melhor a situação. Fale para ele da sua insegurança, da timidez e tudo mais. Não esconda nada.

— Tá certo, obrigada, irmã. E desculpa por todo o transtorno. Não pensei que você estava tão magoada.

— Cara, não digo magoada, mas não dá para carregar uma mentira por muito tempo. Uma hora isso ia ter que acabar. Chegou a hora. E na verdade eu não deveria ter aceitado. Foi molecagem nossa. Se tem alguém que pode ficar magoado aqui é o Rafael. Quero ver você sair dessa! Boa sorte, irmã.

Sofia ficou pensativa com as palavras de Sara, agora precisava assumir seus atos e ver no que ia dar. Estava apaixonada por Rafael e bateu medo de perdê-lo.

Capítulo 10

ESCOLHAS DA VIDA

Adriana dormiu tranquila, mas o silêncio da noite foi importante para tomar algumas decisões que já vinham pesando há algum tempo. Tinha liberdade para ir aonde quisesse, os pais sempre a apoiavam em tudo, sabiam da sua responsabilidade. Desde muito pequena era justa e apresentava uma sabedoria além de sua idade intelectual. Conseguia apaziguar as piores brigas na família.

Escolhia as roupas da mãe e da irmã e dava conselhos ao pai e ao irmão, que foi temporão e sempre foi paparicado. Porém, sentia uma enorme necessidade de ter liberdade financeira, de poder sair sem pedir dinheiro ou comprar as coisas sem explicar o motivo. Não que fosse necessário, mas sentia o grau de responsabilidade já que o dinheiro não era seu. A família era bem de vida, tinha recursos, inclusive havia recebido uma considerável herança da avó paterna, que fora dividida igualmente entre filhos e netos.

A noite havia mexido com Adriana, algo de extraordinário aconteceu, a Lua, os amigos, a conversa. Os sonhos dos jovens adolescentes fizeram com que seus próprios sonhos despertassem, passou a manhã pensando. Acordou cedo, pegou um livro, uma garrafa de água, colocou o biquíni, a canga e pediu ao pai que a levasse à praia, precisava pensar.

— Quer que te pegue que horas?

— Não será necessário. Vou encontrar com as meninas e acredito que terei carona.

— Se não tiver, tome um carro de aluguel que pago na chegada.

— Sim, claro. Não se preocupe, papai.

— Vem para o almoço?

— Acredito que sim.

— Passou protetor solar? Não vai se queimar?

Chegando à praia ela deu um beijinho no pai, desceu do carro e caminhou em direção ao local combinado. Chegou cedo, esticou a canga, deitou-se de bruços, colocou o livro à sua frente e ficou pensando em como ia falar com seu pai.

Do outro lado apareceu Patrícia com um vestidinho floral em tons de rosa que de tão leve voava com a brisa e um chapéu no mesmo tom, que realçava a cor de sua pele. Descalça e com a bolsa de praia ao lado, chegou alegremente.

— Oi, amiga. Como está?

— Bem e você?

— Ótima. Ontem não deu tempo de falar, mas uma agência me chamou para fazer um book.

— Sério?

— Sim! Gostaram do meu perfil, porém acharam que as fotos que enviei são poucas e poderiam ser de melhor qualidade. Pena que criticaram a qualidade.

— Pena, não! A crítica foi positiva, sinal de que perderam tempo olhando suas fotos.

— Verdade. Não tinha visto por este ângulo.

— Percebi que você passou mal ontem! O que foi?

— Thiago apareceu!

— Aquele Thiago?

— Sim, aquele!

— Ah! Por isso você ficou abatida.

— Sim. Mas não é hora de recordar porcaria, eu quero é me divertir. Será que os meninos vêm?

— Não sei, espero que sim. Como são fofos.

— Verdade.

— Vou falar com meu pai. Estou a fim de abrir um espaço. Minha formatura está próxima e já quero ir fazendo clientela.

— Que legal.

— Além do mais, quero colocar alguns parceiros, que vão valorizar e atrair clientes.

— Vai ser uma clínica?

— Sim, de tratamento e cuidados essenciais.

— Interessante, vou ser a primeira cliente.

— Vamos tratar o físico e o emocional. E, sim! Respondendo à sua pergunta, você será minha primeira cliente vip. Já tenho um pacote presente especial para você. Estou recebendo uma terapeuta psicóloga recém-formada, mas com muita experiência que já trabalha há algum tempo com hipnose e vai cuidar de seu caso com o Thiago.

— Sério?

— Sim.

— Sempre quis fazer algo deste nível. Já li coisas interessantes sobre tratamento com hipnose.

— Sim, chamam de hipnoterapia. No Brasil é pouco comentado, mas em outros países é bem popular. E qual seu principal interesse na hipnose no momento? Nem sabia que você acreditava nisso.

— Eu queria rever situações do passado com meus pais e entender nossa relação perturbada. A mãe que considerava irresponsável, doente e maluca, sabe? Fui criada por minha avó, ela só deu as caras há pouco tempo. E com meu pai vivo uma relação de amor e ódio. Até hoje sinto falta do homem que conheci na infância, até meus 5 anos era brincalhão e carinhoso, me dava colo e comida na boca.

— Não sabia, amiga!

— Sim, um dia ele foi bom. Então vieram as longas viagens, as mulheres mais jovens, o ciúme, as brigas, os filhos fora do casamento e o abandono do lar. E vieram os tempos difíceis.

— Sério? Você sempre tão alegre, não deixou transparecer.

— Verdade. Mas foram tempos muito difíceis, fome, miséria e a pobreza chegou ao nosso lar, que antes era de fartura e alegria.

— Meu Deus, só hoje que consigo perceber que você ainda guarda muita tristeza e angústia.

— Não é só isso, ainda sinto um misto de dor e muita raiva.

Enquanto ela falava, a alegria com que chegou à praia sumiu de sua face e Patrícia foi tomada por tristeza. Lágrimas corriam por seu rosto lindo e delicado enquanto descrevia o pai para a amiga.

— O meu herói virou bandido, estuprador e eu ainda o acusava de tudo que estava passando. Em minha cabeça, se fui estuprada, enforcada, abandonada, machucada é porque não tinha pai, e pior, era consequência de seus atos, estava sendo castigada por todo o mal que ele fez a outras moças. Os filhos jogados pelo mundo e as jovens que ele iludiu. Então, resumindo, eu estava recebendo o que deveria ser para ele. Se não era feliz e era abusada era culpa dele, por não ter pai. E por fim ele morreu sem termos essa conversa difícil, sem poder acusá-lo, sem contar o que passei e pedir um último colo.

A moça caiu aos prantos e não conseguiu falar mais nada. Sentadas na areia as duas se aproximaram.

— Deus, Patrícia, quanta mágoa! Amiga, você nunca desabafou? Por que não contou essas coisas antes? Eu poderia te ajudar. Sempre fui uma boa ouvinte.

As amigas se abraçaram ficando em silêncio por alguns instantes, apenas ouvindo o barulho das ondas do mar. Adriana pensava no que precisava falar como psicóloga, precisava estar neutra, esquecer que tinha nos braços sua melhor amiga e ajudá-la a pensar na situação. Em seus pensamentos ficou preocupada em como resolver algo tão antigo e encravado no seu subconsciente.

— Pat, querida, primeiro respire e lembre que tudo passou. Agora você está bem e vai ficar ainda melhor. É uma modelo jovem, que está prestes a fazer muito sucesso. Depois temos que pensar na educação que seus pais receberam, casaram-se jovens, vida difícil e não souberam resolver seus problemas. Foi difícil para eles, entenda. Coloque-se no lugar deles.

Patrícia ouvia atenta e por vezes balançava a cabeça em sinal de concordância.

— Acredito que não passamos por nada que não estejamos preparados para enfrentar e tudo pode se transformar em um grande aprendizado. Percebi em sua última fala que você queria colo de seu pai, sinal de carinho e amor. Então é sinal que perdoou. Lembro quando você contava que eles brigavam muito, era necessário separar. Hoje sabemos que nada é eterno, que os casais se desfazem com muita rapidez até mais que antigamente. Só não sabiam lidar com a situação, não foram instruídos, falta de comunicação, mas era bem natural para aquela época. Agora vamos ao que interessa. Como você está se sentindo após esse desabafo? E o que você pensa sobre seus pais após essa reflexão?

Após um breve silêncio, Patrícia começou a falar:

— Meu Deus, amiga, tirei um peso enorme de meus ombros. Parece que precisava chorar e contar para alguém tudo isso.

— Com certeza.

— Estou muito bem. Enquanto estávamos em silêncio passavam flashes de minha história em minha frente e percebi o quanto fui inconsequente. Colocar a culpa em meu pai ou em minha mãe pelas besteiras que eu fiz, ou mesmo as situações de risco, como sair com os meninos, andar à noite sozinha pelos becos, ir comprar droga mesmo sem saber usar só para aparecer, isso não foi culpa deles. Meu pai é inocente, quanto a mim, não sei, pois os homens com quem eu saí, arriscando minha pele, não sabiam que eu não tinha pai. E mesmo que meu pai fosse presente, como ele saberia o que eu estava fazendo, se o que eu fazia era escondido? Em meu caminho encontrei pessoas boas e ruins e escapei de muitas tragédias. A verdade é que tinha anjos como você por perto.

— Oh, amiga, você fez uma reflexão muito boa. Percebeu que sempre temos duas opções e é só escolher o caminho correto. É bom perdoar e se perdoar, porque errar faz parte de nossa existência. Nossa terapia de hoje terminou. Podemos procurar os meninos para começar uma nova história com muita alegria e amor.

Sentadas na areia conversavam quando Patrícia apontou:

— Olha, são os meninos.

Os garotos chegaram à praia, combinaram um ponto de encontro para pegar carona e vieram juntos. Sempre faziam o mesmo roteiro e rachavam a gasolina. Era mais prático e ninguém se perdia, a diversão estava garantida. Dessa vez arrastaram Rafael, que era difícil de sair com o bando. Mas ele também havia marcado um encontro com uma gatinha, daí aproveitou. Ficaram ali na praia sentados conversando e só faltava Maria, ninguém sabia dizer o que havia acontecido. Até a madrugada estava tudo certo, todos iriam.

Capítulo 11

REALIZAÇÕES

Adriana chegou decidida a conversar com o pai. Fazia planos e precisava tirar do papel. Estava angustiada com a espera e o tempo parecia passar com muita intensidade. Sentia que era tempo de ganhar independência em todos os sentidos. Morar sozinha, trabalhar, sustentar-se.

— Pai, preciso ter uma conversa séria com você! Sabe a poupança da herança da vovó?

— Sim!

— Gostaria de mexer. Fazer umas aplicações em minha vida.

O pai franziu a testa, mas permaneceu em silêncio e atento a escutar a moça.

— Quero comprar um apartamento, um carro popular e abrir um negócio. Preciso de independência financeira.

Após falar tudo rapidamente, sem respirar, ela parou e aguardou o retorno do pai. E ele, sem falar sobre o que achava, resolveu questionar o que estava errado, o que poderia estar incomodando a filha.

— Você não está bem aqui em casa? Quer aumento de mesada? Quer trocar os móveis do quarto? Brigou com seus irmãos? Está grávida?

A garota caiu na gargalhada com o ataque de perguntas desesperadas de seu pai e respondeu:

— Não, papai, não é nada disso. É justamente o oposto, está tudo bem, tudo muito certinho e tenho medo de me acomodar e não reagir, aceitar a vida assim como está me levando. Estou envelhecendo e não fiz nada de produtivo. Não posso viver eternamente na casa de meus pais. Não preciso de mais mesada, estou prestes a me formar e não sei o que fazer da vida. Quero abrir um espaço meu, propor parcerias a alguns amigos, ampliar os horizontes.

Pedro arregalou os olhos e não conseguiu falar nenhuma palavra. Em seus pensamentos sabia que a filha estava correta. Se algo lhe acontecesse, ela não estaria preparada para a vida, pois ainda estaria debaixo de suas asas. Era necessário deixá-la partir! Uma lágrima correu em seu rosto, que disfarçou com um breve sorriso e palavras firmes de questionamento:

— Você está certa, meu bem! E o que pretende? Vamos aos planos.

— Papai, estou prestes a me formar e me especializar. Quero abrir um espaço, propor parceria a alguns amigos, ampliar para médicos e terapeutas. Pai, não me leve a mal, vocês são ótimos, os melhores pais que alguém poderia ter.

— Querida, tem certeza de que você não está se precipitando?

— Tenho pensado nisso há meses, papai. Preciso dar um rumo à minha vida.

— Se é assim, faça o que achar melhor. O dinheiro é seu, sempre foi. Dou minha benção. Só te peço que não abandone o seu velho pai.

A garota se esticou sobre ele, abraçou-o com carinho e disse:

— Seu bobo! Sabe o quanto te amo. Só quero andar sozinha, progredir e ver o fruto do meu trabalho. Assim como você. Quero fazer parcerias e poder ajudar outros que estão na mesma situação, precisando de um empurrão para crescer e ter independência.

— Ok! Você venceu! Já pensou onde vai morar? Que seja perto. E nada daqueles conjugados que entra e sai na mesma porta.

— Tá bom! Um quarto e sala tá ótimo para mim, mas eu deixo você ajudar a escolher e mamãe pode cuidar da decoração. Pode ser?

— Sim. Ela vai adorar. E o carro, já pensou no modelo?

— Um Gol ou Escort XR3, vai depender do ano, modelo e do valor. Bom e barato.

— Sim o Escort é elegante, e o Gol é bom de motor, a mecânica não dá problema. É carro para a toda vida.

— Ok. Vamos ver. Sendo bom e barato eu topo.

— Deixe comigo.

— Ainda preciso procurar um ponto bom.

— O que tem em mente?

— Um local arejado e bonito, com algumas salas para médicos, terapeutas e fisioterapias, podemos alternar nos horários.

— Interessante. Vou ver o contato de uns amigos corretores. Minha filhinha empreendedora. Das baladas para o mundo.

Abraçaram-se e riram gostosamente.

— Hora da janta. Não gosto que a comida esfrie.

— Vamos, sua mãe está chamando.

— Sim, papai.

A noite passou rapidamente e todos foram dormir.

Dias seguiram e as coisas correram como tinha que ser. Pedro cuidou da pesquisa de apartamentos e escolheu as melhores opções. Fez o mesmo com os pontos para a clínica que a filha planejara. Passando alguns dias, foram ver e escolheram os melhores imóveis para compra ou locação, o que fosse mais adequado para o momento.

A decoração ficou por conta das mulheres da casa. Dona Inês e as meninas, Sara e Sofia, se divertiram comprando tapetes e enfeites. Adriana e o pai se encarregaram do serviço pesado. Fizeram alguns pequenos reparos nos imóveis que compraram e depois passaram aos estofados, pias, armários e todo o resto que era necessário.

Enquanto o pai acertava todos os trâmites legais, ligava para seus contatos, visitava alguns cartórios e registros para documentos e alvarás de funcionamento da clínica. Adriana finalizava a decoração das paredes com alguns quadros e o nome de parceiros em um painel elegante. Tudo corria dentro do prazo esperado e todos se empenhavam para fazer o melhor.

O esforço era perceptível nos pequenos detalhes que podemos imaginar: na recepção um balcão de atendimento com cadeiras elegantes, compondo o mesmo ambiente uma sala de espera com poltronas confortáveis. Uma secretária foi contratada para fazer os agendamentos e atender o público. Na sala principal, Adriana colocou em quadros de parede organizados simetricamente seus certificados, a graduação e alguns outros cursos que fez em paralelo e que eram muito interessantes aos olhos do público. Tudo estava perfeito, pois já possuía uma clientela da época do estágio.

Em dois meses tudo estava do jeito que Adriana queria. Conseguiu um amigo, também formado na mesma época, para dividir o ambiente, assim ela não precisaria comprometer seu tempo todo com serviço, poderia alternar períodos com o colega, Alexandre Freitas. Maria Claudia estava com a parte de Nutrição, Rodrigo entrou como fisioterapeuta e Patrícia ajudava na parte de marketing e divulgação. Em menos de um ano a clínica estava a todo vapor.

Capítulo 12

AMORES QUE VÊM E VÃO!

Fim do ensino médio, Sofia e Sara foram convidadas para uma festa incrível. Sofia não ficou muito interessada, mas Sara já começou a fazer planos sobre as roupas que iria usar. A proposta para a festa era reproduzir uma festa à fantasia. A festa seria o dia todo, com dança, comida e alegria.

Sara e Sofia convidaram a avó, dona Inês, para escolher a roupa. Inês recordava que em seu tempo as festas eram lindas, vestidos coloridos e muito brilho. Mas estava feliz em poder ajudar as netas a escolherem uma roupa tão especial. Já haviam pesquisado na internet os modelos femininos e masculinos: saias coloridas, blusas com babados, lenços com miçangas. E a roupa masculina muito elegante, com coletes e faixas de cetim. Sem falar nas flores, bijuterias e joias.

Nas lojas de fantasias encontraram a roupa para Rafael.

— Olha, vovó, esta camisa vermelha com cordões próximos do peito e essa gola é bem linda.

— Sim, colocando uns cordões imitando ouro vai ficar perfeito.

A atendente trouxe uma calça e colete preto combinando com um lenço vermelho para a cabeça e uma faixa dourada para a cintura. Acrescentou que o conjunto estava em promoção.

Sofia sorriu ao ver o que a moça apresentava, olhou para a avó aguardando uma resposta.

— Perfeito. Vamos levar!

— Obrigada, vovó. Ele vai ficar um cigano lindo.

— Vai, sim.

— Agora só falta fazer o convite ao garoto, não deixe para a última hora.

— Vou fazer hoje mesmo e avisar que já compramos sua roupa.

— Isso mesmo. Faça isso, filhinha. Agora vamos aos vestidos. Sara está provando, vamos ver como ficou?

Sara saiu do vestiário com uma saia vermelha com muitos babados e uma blusinha também vermelha transpassada na cintura e justa, com mangas amarradas nos punhos com volume. A atendente ajudou a colocar uma flor vermelha em seu cabelo. Quando a moça saiu do vestiário, Sofia e Inês, sentadas aguardando, ficaram surpresas ao ver a transformação. Sara parecia uma verdadeira cigana, mais velha e muito linda.

— O que acharam? Estou bonita?

Um silêncio. As mulheres estavam de boca aberta e olhos arregalados.

— Então, não vão dizer nada? Pergunta Sara.

— Irmã, você está um espetáculo. Maravilhosa! Responde Sofia.

— Está perfeita, meu bem! É uma cigana. Se sair na rua agora as pessoas vão ficar espantadas. Diz a avó sorrindo.

— Que bom! Era o que eu queria. Ficar próxima da realidade. Responde Sara.

Enquanto Sofia foi provar o seu modelo, Sara ficou esperando sentada com a avó. Queriam ver como ficariam as duas juntas. Enquanto conversavam, a avó puxou pela memória e contou suas recordações de menina.

— Você com essa roupa me fez recordar de um grupo de ciganos que passou por nosso bairro há mais de 30 anos. Eu era uma menina, mas ainda lembro, pois eram todos muito lindos e elegantes. As mulheres tinham vestidos coloridos e lindos, assim como o seu. Mas nós tínhamos medo de chegar perto deles, tinham fama de ladrões e faziam previsões do futuro. Vendiam panelas, frigideiras e outras coisas assim. Viviam bem e faziam muitas festas, todos os dias ouvíamos música e dança. Mas após um mês partiram e nunca mais vimos os ciganos na região.

Sofia chegou com uma saia vermelha com muitos babados, e uma blusinha branca estilo cigano, manga fofa com elástico produzindo um volume nos ombros e uma flor no cabelo. A faixa larga dourada na cintura imitava um corpete. Correntes e grandes brincos compunham o figurino.

— Então, como estou? Pergunta Sofia.

— Belíssima. Responde a irmã.

— Fiquei em dúvida entre esse conjunto e aquele vestido branco floral, com o corpete preto. Adorei os cordões da cintura.

A avó, vendo a indecisão de Sofia, teve uma ideia.

— O que vocês acham de levarmos os três vestidos? A festa será o dia todo, logo vocês poderão alternar as peças e fazer outros modelos com estes. E as duas vão aproveitar todas as peças.

— Excelente ideia, vovó, poderemos levar algumas blusinhas nossas e montar novos conjuntos. Completa Sara.

— Brilhante. — Acrescentou Sofia.

Saíram da loja carregadas de sacolas e pacotes. Usaram parte da mesada que recebiam do pai para pagar a conta e a avó completou o que faltou.

Depois das compras, Sofia ficou mais animada com a festa, quis ir logo para casa e ligar para o namorado para fazer o convite. Prontamente Rafael aceitou e ficou feliz em saber que a namorada havia comprado roupas para ele. Achou o máximo uma festa à fantasia e ainda melhor para ele era ficar com Sofia.

Para impressionar a moça, pediu ajuda aos amigos para compor sua fantasia e fazer uma surpresa. Roupas com brilho, camisa de seda e faixa de cetim. E muitas correntes grossas, que conseguiu em uma loja de fantasias.

O avô, Pedro, foi ao quarto com as meninas observar a alegria e a bagunça enquanto elas desfilavam as roupas e calçados, flores, bijuterias, maquiagens. As meninas perceberam que Pedro sorria enquanto seus olhos brilhavam distraídos.

— O que foi, vovô?

O avô ria pensando que ia precisar de um carreto para a mala das netas, o bagageiro do carro seria pequeno. Porém, ao mesmo tempo em que pensava no presente, sua memória viajou ao passado e recordou de uma paixão de moleque. O vestido vermelho e os babados ciganos à sua frente trouxeram o rosto e a voz apaixonante da cigana que lhe fizera sofrer.

— Nada, só estou preocupado se vocês vão passar uns dias ou três meses fora. Falem a verdade para o seu avô!

— Ah, vovô! Não debocha. É uma festa e vamos a caráter, esses vestidos fazem volume.

— Sabe, meninas, quando eu era novinho quase fugi com uma cigana.

As meninas se sentaram na cama, arregalaram os olhos e pararam para ouvir o avô.

— Sério, vovô?

— Sim, ela era linda e a família estava de passagem. Tinha olhos negros, cabelos longos e bem cuidados. E usava um vestido vermelho semelhante ao que você guardou aí.

— E o que houve, vovô? — Falou Sara curiosa.

— Enquanto o acampamento ficou na cidade, eu fui lá todos os dias, eu tinha 15 anos e ela, 13. Isis era a pessoa mais linda que eu havia visto em minha frente. Nós nos encontrávamos escondidos, eu pulava a cerca e ela vinha correndo segurando o longo vestido, apesar da vergonha e da timidez nos beijamos.

O avô fez um silêncio.

— Que legal, vovô. Não pare agora!

— Foram mais de dois meses assim, eu fugia de casa e ela de sua família. Eu mal esperava o outro dia para correr até a menina.

Pedro baixou os olhos e se calou, sentindo um nó na garganta. Sofia questionou:

— O que houve, vovô? Você está bem?

— Sim, são só recordações.

— Consegue falar? — Perguntou Sara preocupada.

— Sim, Desculpe.

As meninas se levantaram e foram até a poltrona onde o avô estava. Uma deu-lhe um beijo na testa, a outra o abraçou. E após o gesto, Sara disse:

— É bom recordar, vovô, muitas vezes tiramos um peso das costas quando dividimos esse fardo.

Ele sorriu e disse:

— Verdade. Não perdi nada, ganhei vocês.

Sofia sentou-se no braço da poltrona e Sara encostou-se nas pernas do avô. Eles nunca estiveram tão próximos, tampouco trocaram segredos tão íntimos, quando ele ouviu o pedido de Sofia:

— Vovô, percebemos que o passado lhe traz recordações que são difíceis, mas, por favor, termine essa história, ela é linda.

Pedro estava muito emocionado, o passado mexia com ele. E as meninas estavam impressionadas e curiosas para saber mais sobre a história.

Ele deu um leve sorriso e disse:

— Naquele dia, Isis chegou à cerca de arames que dividia o nosso terreno e o local em que estavam acampados e simplesmente me disse que ia partir e também que iria conhecer o noivo, que morava em outro estado.

— Noivo?

— Sim! Fiquei perplexo. Perguntei a ela por que não havia me contado sobre isso antes e por que me iludiu. Ela respondeu que gostou de mim, era feliz ao meu lado e precisava aproveitar cada momento de nossa história. Do seu futuro não sabia nada, mas queria manter as recordações do presente em seu passado.

— Que lindo, vovô. — Disse Sofia. — Vocês estavam apaixonados.

— Lindo nada, Sofia! Ela estava comprometida, com casamento arranjado e deixou seu amor para trás.

— Coitadinho do vovô.

— E a garota? Meu Deus! Casar-se com qualquer um, obrigada e sem amor!

— Verdade, Sara, tem razão. Não tinha visto por essa perspectiva. Me desculpe! — Continuou o vovô. — Ela disse que ia recordar com carinho o que vivemos e me desejava muitas felicidades, que todo o amor do mundo que ela queria me dar eu recebesse em dobro.

— E você, vovô, o que fez? Como reagiu?

— Fiquei nervoso, propus fugir com ela. Pensei em falar com seus pais. Mas ela disse que não havia nada que eu pudesse fazer. Acrescentou que infelizmente as regras ciganas tinham que ser seguidas à risca.

— Triste para ela que não pôde escolher nem o próprio noivo.

— Sim, Sofia. Concordo com você. Espero que ela tenha encontrado alguém legal como o vovô.

— E como foi a despedida, vovô? — Disse Sara.

— Nos despedimos com um longo beijo entre a cerca, dessa vez não pulei. Foi a despedida. Suas últimas palavras eu nunca esqueci: "Seu destino será incrível. Tenha fé".

— Vô! Não é que Isis tinha razão? Você tem duas netas. Em dobro.

Pularam sobre o avô feito crianças, dando beijos, abraços e fazendo cosquinhas.

— Suas levadas. Não vão crescer?

Capítulo 13
TUDO PASSA, INCLUSIVE O TEMPO

Assim como aquela tarde na praia, outros meses vieram, dias de calor e dias de frio, com chuva e tempestade, com Sol e calor. Mas a amizade continuava firme e forte. As provas agitavam a faculdade. Apesar do bolo que Maria Claudia havia dado em Carlos, tudo ficaria bem.

Ela recordava aquele dia. Todos foram à praia menos ela, que precisava ficar em casa para ajudar a mãe nos preparativos da festa. Com toda a confusão, o shortinho com o telefone de Carlos foi parar na máquina de lavar e ela não conseguiu avisar o garoto. Com as curvas da noite e distraída com a conversa, não sabia exatamente onde ele morava. Teria que procurar.

Dois anos depois ela ria abraçada ao garoto, depois das caminhadas e voltas em frente à rua de sua casa, das horas paradas esperando por sua figura. Até que, após dez dias de espera e de sofrimento, ela viu aquele vulto vir ao longe, andar inesquecível, um passar de dedos entre os cabelos. Deu um longo suspiro e disse em voz alta:

— É ele!

Sentada na calçada, viu o garoto aparecer extremamente distraído. Foi caminhando em sua direção e de repente arregalou os olhos e parou.

Ela se levantou e sorriu. Ele olhou firme, como se tentasse reconhecer. Em seus pensamentos ele disse: "Será ela, meu Deus?". Apressou o passo e caminhou em sua direção. Ela fez o mesmo.

Ao se encontrarem, ela pulou nele como se estivesse morrendo de saudades e disse:

— Pensei que não viria mais você!

— Eu também! Não faça mais isso comigo, menina. Não me deixe mais.

— Com certeza, nunca mais quero ficar longe de você.

Riam juntos lembrando aquele dia.

— Pior que eu fiquei desesperado pensando que nunca mais iria ver você, Maria.

— E eu, de nervosa, passava em frente de sua casa e não sabia se era a sua mesmo, não gravei seu endereço. Só alguns detalhes do entorno de onde passamos e os dez dias que te procurei foram sufocantes.

— Acredito. Eu sonhava com seu perfume. Comprei um vidro para continuar te sentindo.

— Meu amor! Meu lindo.

O casal estava iluminado, os olhos brilhavam e todos percebiam o quanto estavam envolvidos. Entendiam-se até com o olhar e faziam planos para o futuro. Maria achava muito interessante os planos de Carlos de montar uma vinícola. E ela também se sentia atraída pela Serra, as uvas e todas as imagens belas que lhe vinham à cabeça. Juntar cardápios deliciosos a vinhos especiais poderia, além de útil, ser um grande empreendimento.

— Você já viu a pisa das uvas?

— Pisa?

— Sim! Pisar nas uvas até virar o vinho é um ato tradicional entre italianos e portugueses. E os emigrantes trouxeram para o Brasil no século XVI as primeiras mudas de parreira.

— Que interessante! Você conhece mesmo de história e pelo visto é apaixonado pela tradição.

— Verdade. Meu sonho é montar um vinhedo com toda a tradição, inclusive recriar um local assim, com as tinas para que os turistas possam pisar nas uvas. O processo leva três horas diárias e é realizado por vários dias até que as uvas atinjam um ponto de excelência.

— Nossa, meu bem. Que interessante!

— Sim, quero estar por perto, inclusive na vindima, como chamam a época de colheita das uvas até a produção do vinho.

— Tive uma ideia! O que acha de conhecermos juntos o Vale dos Vinhedos?

— Nossa, Maria, vai ser um sonho. Só temos que escolher por onde começar: Bento Gonçalves, Garibaldi ou Monte Belo do Sul, no Rio Grande do Sul.

As ideias brotavam a todo instante e o casal estava feliz com os planos e as realizações. Maria Claudia foi convidada para trabalhar com Adriana em um novo espaço e a nutricionista estava muito feliz com suas novas receitas e cardápios. Sua agenda estava cheia e o consultório bombando. Faziam uma poupança para o futuro e a vida estava perfeita. Carlos continuava no jornal e seus textos e fotografias faziam sucesso. Fotografar era seu novo hobby.

Capítulo 14

CAMINHAR É PRECISO!

Em casa, Adriana acordou, abriu os olhos e percebeu que a luz do Sol atravessou a janela de seu quarto, esticou os braços, alongou o pescoço, fez alguns gestos de preguiça e, cansada de estar na cama, alongou as pernas e saltou dela.

— Chega de preguiça!

Correu até a janela, abriu e se debruçou. Em voz alta, falou sozinha.

— O dia está perfeito para uma caminhada no Costão, vou curtir a natureza.

Lavou as mãos e o rosto, escovou os dentes com detalhes e passou algum tempo se olhando no espelho. Na pele branca e macia passou creme e perfume, colocou um agasalho leve e um tênis confortável. Por fim, pegou os lindos cabelos loiros e arrumou delicadamente, escovou e entrelaçou com um elástico preto, fazendo o famoso rabo de cavalo. Retornou ao espelho e aprovou o resultado final. Sorriu e falou sozinha:

— Deus caprichou! Eu sou linda!

Tomou um copo de água e, ao sair na porta, deu mais uma espiadinha para ver se alguém acordou, mas um silêncio tomava conta da casa. Suspirou fundo e lembrou-se do bilhete que deixou na geladeira: "Fui caminhar. Beijos, Adriana".

Colocou os fones de ouvido e colocou uma seleção de músicas que estavam gravadas na memória do celular. Correndo distraída, enquanto arrumava o volume do celular, quase esbarrou em um rapaz.

— Opa! Desculpe.

— Me desculpe. Estava distraído.

Ao levantar a cabeça para pedir desculpas, percebeu que o cara do esbarrão em um amigo de infância, Edgar Guimarães.

— É você, Adriana?

— Sim, eu! Edgar, não acredito que é você! Bom te ver. Quanto tempo!

— Verdade, acho que já faz dois anos que não te vejo.

— Está correndo?

— Sim, alternando caminhada com corrida, para aproveitar esse Sol.

— Verdade, o dia está muito lindo.

— Posso te acompanhar?

— Claro, será ótimo, assim colocamos o papo em dia.

— E aí, Adriana, o que anda fazendo de interessante? Terminou a faculdade?

— Sim, já faz uns meses. Agora é tocar a vida para a frente.

— Nossa, que legal. O tempo voa, né. Parece que foi ontem que terminamos o ensino médio.

— Verdade, passou muito depressa. Vamos sentar um pouquinho, estou um pouco cansada.

— Sim. Olha, tem umas pedras ali no gramado e dá para observar a praia.

— Perfeito. E você ainda mora com seus pais? Lembro que era noivo da Renata.

— Eu e Renata nos casamos e estamos morando no Costão do Santinho, pertinho daqui. Meus pais estão morando na serra, me deixaram sozinho. Daí apressamos o casamento. E volta e meia venho ver minha irmã, a Flavia, que ficou morando na casa da mãe.

— Que legal! Fico feliz. Então você parou de enrolar a menina. E como ela está?

— Para falar a verdade não está nada bem. Faz uns seis meses que ela iniciou um processo de depressão. Largou o trabalho e se esconde em casa.

— Sério isso?

— Muito, e te confesso que está muito difícil lidar com isso. Já fizemos de tudo... Psiquiatra, neurologista, exames, remédios. Caramba, estou exausto!

Um silêncio momentâneo, parecia que Adriana precisava pensar, ainda não acreditava que os amigos do colégio estavam passando por apuros.

— Ela tem feito acompanhamento psicológico ou algum tipo de terapia?

— Não, na verdade ela não aceita. Não quer nenhum tipo de tratamento. Ela não se ajuda. Arrumei um psicólogo amigo, gente boa, para conversar com ela, pensa que ela foi? Tá me tirando do sério.

— Calma, Edgar. Não é assim, primeiro você tem que entender como a doença age. Não é impondo o tratamento que você vai ajudar. Para tudo tem um jeito. A depressão precisa ser tratada com o maior carinho.

— Eu sei, sou paciente, mas não consigo entender o que ela pensa e o que quer da vida! Acho que nem quer mais viver. Daí não sei como ajudar!

— Olha, amigo, primeiro você tem que conhecer a doença, para só assim saber os caminhos a tomar. E Renata precisa ser acolhida. No momento ela precisa se sentir segura e de tempo para curar seus males.

— Como posso ajudar se ela está fechada em copas? — Ele abaixou a cabeça, um pouco inclinada entre as pernas, parecendo um pouco envergonhado com a situação. Ficou em silêncio ouvindo a fala de Adriana, que entendia muito sobre o assusto, e em seus pensamentos Edgar pensava que Deus havia enviado a moça, pois saiu sem destino para esfriar a cabeça. Algum tempo depois levantou a cabeça e olhou para Adriana com certa curiosidade enquanto a moça falava:

— Entenda, a depressão é uma doença silenciosa e o resultado de uma série de fatores, não existe uma única causa, é resultado da interação de fatores sociais, biológicos e psicológicos. Por isso não dá para tratar apenas com medicamento, tem que cuidar da pessoa como um todo, físico e mental. Pode vir de várias formas por alguns traumas psicológicos, ou ainda por desemprego e luto. Pode ser um amontoado de coisas que vão somatizando e que uma hora a pessoa não suporta. Ela sufoca e internaliza. E para quem está de fora parece até ser uma doença sem motivo aparente.

— Sei, entendo o que você quer dizer. Sei também que quando se trata de emocional é bem complicado. Por isso é que tenho paciência. Mas vou ser franco, estou bem cansado. Queria um remédio, uma fórmula para ter minha esposa de volta.

— Compreendo! A família sofre com o paciente e muitas vezes precisa fazer acompanhamento psicológico também. Mas você tem que reagir e, para começar, precisa buscar a ajuda de profissionais, fazer exercícios com ela, manter o contato com familiares e amigos. Alimentação boa e regular, sem falar em excelentes noites de sono.

Flores, Amores e Todo o Resto!

— Agora que você falou, comer e dormir está sendo um problema lá em casa. Ela come muito pouco e fora de hora. Depois passa a noite acordada chorando.

— É bem difícil, mas você precisa tomar as rédeas da situação.

Adriana percebeu que o rapaz estava sem rumo e ela precisava ajudar. Possuía uma grande empatia pela família de Edgar, cresceu com Renata e Flavia no mesmo bairro, na mesma escola e era impossível ver aquela família se desestruturar sem que ela fizesse algo. Então se lembrou de Alexandre.

— Edgar, eu trabalho com um excelente psicólogo e estou abrindo um espaço meu. Te passo o endereço por E-mail. Lá teremos a princípio vários profissionais, como nutricionista, fisioterapeuta e dois psicólogos. Vamos marcar uma consulta com meu parceiro Alexandre. Não vou atendê-la formalmente porque sou amiga da família, mas vou acompanhar bem de perto. Quero que você diga a Renata que me encontrou e que eu a convidei para tomar um café em minha casa, pois estou com muitas saudades. E você não vai contar a ela a conversa que tivemos. Deixe que ela me conte o que quiser contar no dia do café. Vão aparecer muitos cafés, praia e alguns agitos sociais, não recuse nada, esteja sempre animado e disposto.

O rapaz ouvia tudo com atenção, entendeu que a hora era de ouvir, prestar atenção no que a amiga dizia. Em seu íntimo algo lhe dizia que tudo ia ficar bem e que precisava ouvir Adriana, ela sempre tinha razão.

— Não se esqueçam de comer e dormir bem, vou te mandar uma dieta com alimentos para levantar o ânimo. Mas comece com o uso de azeite de oliva, peixes, frutas, verduras e oleaginosas (nozes e castanha). As gorduras e os antioxidantes presentes nesses alimentos estão associados à maior proteção e conservação das redes de neurônios, assim favorecendo a comunicação entre as células nervosas, que ocorre em sintonia, ou seja, estão sincronizadas, não sobra espaço para angústia e depressão.

— O que você está planejando? Já percebi que você já está com um plano mirabolante em mente.

— Deixe comigo. Vamos agir juntos. Tem um ditado que diz que uma andorinha só não faz verão. Por isso vamos juntar um bando. A união faz a força. Só confie em mim. E faça sua parte. Ok?

— Claro, não estou em condições de rejeitar ajuda.

— E me prometa que vai levantar esse astral.

— Sim. Claro. Vou passar no mercadinho ali da esquina e levar essas coisas para casa.

— Depois te mando umas receitas também. Você ainda gosta de cozinhar?

— Adoro!

— Então não será problema. Vamos fazer uma ótima parceria.

— A Renata vai gostar de saber que te encontrei. Perdemos o contato dos amigos. E agora quem sabe ela se anime.

— Sim. Eu também estou muito animada. Gostei muito de encontrar você e será um prazer ser útil. Vou sondar o que ela gosta de fazer para encontrarmos uma ocupação temporária até passar a depressão. Um hobby, música, artesanato, fotografia. Vamos descobrir juntas.

— Não sei como agradecer.

— Não agradeça, só me ajude a ver os resultados. Ficarei feliz em ver meu trabalho dando certo.

— É tudo que eu mais desejo, ver minha família recuperada e feliz.

— É isso, pensamento positivo e ação. Vou no mercado com você.

— Que bom.

— Então vamos!

Capítulo 15

CONTEMPLANDO O SILÊNCIO

Uma empresa organizadora foi contratada para o evento, com foto, vídeos, comida, segurança, garçom e todo o resto. O casarão antigo, estilo açoriano, foi decorado. Estava limpo, cercado, iluminado. As tochas prontas para acenderem à noite, o que indicaria o caminho para o baile. Ainda havia plantão de pronto atendimento, banheiros, uma boa cozinha e algumas dependências para maquiagem e coisas desse tipo. Um DJ foi instruído a tocar apenas músicas ciganas, as melhores já selecionadas e de várias regiões e épocas. Um grupo de dança típica foi convidado para participar durante a noite e assim ensinar aos jovens um pouco da dança e da cultura cigana. Ao anoitecer as moças arrumaram-se, com vestidos, batom, joias, lenços e flores. Saíram pela casa como se estivessem fazendo um desfile. Fotógrafos pegavam todas as cenas, vestidos lindos e moças felizes.

Sara e Sofia estavam radiantes. Além de lindas, transbordavam de alegria. Mesmo estando juntas das outras moças, as presenças se destacavam em exuberância e beleza. Sofia mostrava-se ansiosa, pois aguardava por Rafael, enquanto Sara sorria como se buscasse apenas a liberdade.

O baile começara e o rapaz estava atrasado. Sofia começou a ficar apreensiva e comentou com a irmã.

— Ele não veio. O que será que aconteceu?

Sara não teve tempo de responder a muita coisa. Apenas cutucou a irmã, que olhou para o lado.

— Nossa, eu já estava perdendo a esperança.

— Ele veio e está muito bonito.

O rapaz era o cigano mais elegante. Olhos brilhantes, blusa verde de cetim, calça preta, faixa dourada na cintura e as correntes de ouro.

Os cabelos com novo corte e alinhados, um brinco interessante o deixou ainda mais parecido com cigano típico de verdade. Do outro lado do salão Sofia deu um largo sorriso de alívio e felicidade, saiu espontaneamente de seus lábios perfeitos e vermelhos.

No microfone o organizador continuou a animação:

— Sejam todos bem-vindos e que comece a festa.

O espetáculo com o grupo de dança cigana contratado abriu caminho para animar a festa, após dançarem sozinhos algumas músicas, foram buscar os jovens convidados para começarem a participar. E iniciaram a dança com passos marcados, palmas e gritos. A noite toda foi só alegria.

Não demorou muito para que todos ficassem no mesmo ritmo, nem para que a festa esticasse para o pátio, onde estavam as fogueiras e as carroças, as tochas que iluminavam o caminho e toda a decoração estilo cigano. O som e os instrumentos musicais colocados para serem usados e para enfeitar eram típicos também. As carroças enfeitadas foram posicionadas em círculo, formando um cenário antigo, da época em que os ciganos ainda não tinham carros do ano. Aquele clima era fantástico, volta e meia um casal fugia para namorar entre as carroças, e por vezes eram surpreendidos por flashes das câmeras dos fotógrafos.

Tudo era muito divertido, os vestidos rodando e os sapatos batendo no chão, no compasso da música e das palmas. O DJ fez um intervalo no som para a diretora avisar a hora da refeição e dos lanches, exato momento em que por um minuto Sara arrastou Sofia pela mão para falar no canto. Elas se olharam e disseram ao mesmo tempo:

— A melhor festa da minha vida.

Enquanto Sofia se divertia com Rafael, Sara foi arrebatada por um jovem cigano que dançava com a garota a noite toda. Loiro de olhos azuis, parecia um personagem tirado do filme *Piratas do Caribe*.

Lucca dançou com Sara alegremente, conhecia todos os passos ciganos e deixou a moça muito à vontade. Esqueceram-se da irmã e dos colegas, a pista de dança era pequena para o casal, que já haviam abandonado os calçados e dançavam descalços como se estivessem realmente tomados pela energia e força cigana.

No fim da noite, Lucca acompanhou Sara até em casa, prometendo aparecer assim que acordasse. Estavam felizes e Sara parecia ter encontrado algo que procurava e que estava além de sua liberdade.

Flores, Amores e Todo o Resto!

Já em casa, Rafael e as meninas foram dormir. Sara estava tão cansada que se jogou na cama com roupa e tudo. Sofia ficou rolando e pensou em chamar a irmã para descer e comer algo, mas a moça dormia tão profundamente com um sorriso no rosto que achou melhor não acordar. Desceu as escadas à luz do celular.

Pegou uma maçã e seguiu para a varanda. Ali ficou fazendo uma retrospectiva dos melhores momentos. Foi uma noite especial. Em um breve momento, Sofia olhou para o céu e percebeu as estrelas, estava tão lindo que resolveu ficar contemplando o silêncio da noite.

Em seus pensamentos recordava de Rafael, de como estava lindo dançando, sorrindo e batendo palmas, girava e rodava batendo os pés e quando a pegava pela cintura parecia mais forte, tinha uma malícia no olhar. E um desejo brotava em seus olhos, queria estar perto, ser abraçada e beijada.

— Meu Deus, adoro este garoto!

As folhas secas do chão quebravam com o silêncio e Sofia, apreensiva, percebeu passos leves e vagarosos vindo ao seu encontro. Ficou nervosa, pois todos estavam dormindo. E agora, para onde correr?

— Pensando em mim?

— Oh, meu bem! Você quase me mata do coração.

— Sério?

— Sim, fiquei imaginando ser um animal. E pensei em como me defender.

— Vem cá, vou cuidar de você. Abraçou a moça com carinho para acalmá-la.

Após alguns beijinhos e carinhos em seus cabelos, Rafael perguntou:

— Afinal, que animal você imaginou?

— Sei lá. Uma onça!

— Onça? – Perguntou rindo.

— Não ria! É pensamento de pessoa desesperada. Pensei em me jogar no chão e me fingir de morta.

— Meu Deus! Daí quem morria era eu. Já imaginou o susto que eu iria tomar com meu amor esparramado no chão.

— Seria cômico. — Disse Sofia sorrindo.

— Sim, com certeza. Mas mudando de assunto, já viu as estrelas?

— Sim, estão lindas. Você também perdeu o sono?

— Estou doente. — Disse Rafael.

— Sério, amor? Você parecia tão bem. O que você tem?

— Fecho os olhos e só vejo você. Este sorriso lindo e sua saia rodando e dançando em minha frente. Como posso dormir?

— Se é assim, também estou doente! Perdi o sono e fico me revirando na cama com saudades de um cigano com quem dancei a festa toda.

— Já tenho diagnóstico para nosso problema, é amor.

— Concordo, tem algum remédio, doutor?

— Sim, doses homeopáticas de carinhos muitas vezes por dia.

— Olha, tem uma rede ali.

— Boa ideia. Vamos descansar.

Deitaram-se na rede e dormiram no aconchego dos braços entrelaçados.

Capítulo 16

PARTIU FELIZ!

Dois anos se passaram. Emília, mãe de Carlos, chegou chorando, com o telefone ainda na mão, e sentou-se no sofá. Largou o corpo esmorecido, sem fala e abatida, apenas chorava. Dona Norma, sua mãe, passava por um sério problema no coração. Era jovem, ainda com 62 anos, e viúva, não quis casar-se novamente. Aposentada e com uma boa pensão do marido, vivia tranquila e sozinha até a última semana em que ligou para a filha contando que estava com um aperto no peito e com as pernas inchadas. Com o choro da mãe, Carlos parou o que estava fazendo e foi atendê-la.

— Mãe, o que aconteceu?

Após alguns soluços ela consegue falar.

— Sua vó, meu filho, nos deixou.

— Como isso, mãe? Quem lhe falou? O que aconteceu? Papai não foi pegar a vovó? Ela estava bem, o que houve?

— Quando seu pai chegou encontrou ela dormindo, sentada no sofá, porta aberta e telefone na mão. Encostou-se no sofá e dormiu. Não acordou mais. Durante a conversa, que foi sábado pela manhã, combinamos de almoçar juntas hoje. Daí seu pai passou lá às 9h para pegá-la. Estranhei que já são 11h e ele não chegou. Liguei. E ele me contou o que aconteceu.

— Calma, mãe! Agora não temos muito a fazer. Vou ligar para o papai e ver se precisa de ajuda.

— Meu filho, eu já tinha combinado que na segunda-feira ia levar mamãe para fazer um check-up. Sabe como ela resistia para ir a médico.

— Sim, era sempre uma novela. Sempre inventando algum problema para não sair de casa. E estava sempre bem.

— Verdade, ela não reclamava. Eu deveria ter percebido que se ela reclamou era grave.

— Não se culpe, mãe. Pelo que percebemos foi fulminante, ela enfartou sem tempo de reagir. Não sentiu nada. Quero falar com papai. Só um instante, mãe.

— Isso, filho, ligue.

— Pai! Pai, onde você está? Me conte o que houve. Como?

— Ah, meu filho, quando a empregada levantou cedo ela já estava no sofá. Pensou que ela estava cochilando. A televisão ligada, o controle ao lado e o celular na mão. Ela respirava. Isso umas 7h da manhã. A moça abriu a casa e foi fazer o café, fez algumas coisas na cozinha. Disse que não chamou porque ela dormiu tão bonitinha que não quis atrapalhar.

— E como descobriu, pai?

— Sua mãe ligou pouco depois que eu havia saído de casa. A empregada atendeu da cozinha e avisou que ela dormia. Então sua mãe pediu para acordá-la, pois eu estava a caminho. A moça foi à sala, chegou devagarinho para não assustar, momento em que percebeu que sua vó não respirava. Por ter práticas de primeiros socorros, fez massagem cardíaca enquanto ligava para a emergência. Ela disse que colocou o telefone no viva-voz e foi sendo acompanhada por um médico enquanto a ambulância estava a caminho. Chegaram à casa em poucos minutos, o corpo ainda estava quente, mas não reagiu. A pobre empregada estava cansada e descabelada. Por fim estava chorando no momento em que cheguei à casa. Não sabia o que estava acontecendo, mas já tinham feito todos os procedimentos possíveis de reanimação. Foi isso, filho, infelizmente sua vó faleceu.

— Triste, pai. O que consola é o fato de ela não ter sofrido. Teve uma morte tranquila.

— Verdade.

— Vai demorar muito para liberar o corpo?

— Não sei, mas converse com sua mãe sobre os detalhes e me avise para tomar as providências. E ligue ou mande mensagem para a família.

Tudo correu como deveria ser, houve o período de luto, as cinzas foram enterradas em um pomar da família. O único pedido de dona Norma, conforme estava escrito no testamento, era que suas cinzas ficassem perto da velha figueira, a primeira árvore plantada por seus pais na fazenda onde nasceu, e onde ela e Miguel tiveram seus filhos e seus melhores momentos. Fez questão de deixar escrito com carinho e com seu punho um pedacinho... "Enquanto aqui morei fui feliz. Eu, Norma, e Miguel

Flores, Amores e Todo o Resto!

sonhamos com o futuro. Deste chão tiramos nosso sustento, percebemos a beleza da terra, a vida que brotava de uma energia tão sublime. Olhos nos olhos, sabíamos que o futuro estava lançado, e a quatro mãos colocamos nossa força e energia no solo, e junto à figueira nossa família cresceu. Crescendo no amor e na esperança, assim vou fazer parte do solo e companhia à bela e hoje robusta figueira".

Na sequência do testamento estavam as casas, os bens imóveis, carros e todo o resto que havia em seu nome. Tudo estava dividido entre filhos e netos e uma peculiaridade, um pequeno apartamento, quarto e sala, estava destinado à empregada com a seguinte dedicatória: "Este pequeno imóvel é um mimo à minha companheira, pessoa que me aturou por todos esses anos com carinho, respeito e dedicação. Espero que Hortência, a minha Tancinha, desfrute com saúde".

Emília e Walter, os dois filhos, aceitaram todos os comandos da mãe e acharam justo o apartamento para Tancinha, era moça dedicada e merecia muito mais. Pagaram todos os seus direitos e lhe deram um agrado. Sabiam que a mãe fora sempre muito bem tratada. Havia dias em que a mãe não queria sair de casa porque tinha combinado algo especial para fazer com Tancinha. Foram felizes e isso consolava os corações. Alguns chegavam a dizer que ela teve uma passagem tranquila, aquela que todos pedem a Deus, mas poucos são merecedores.

O período de luto passou e os advogados pediam que a família tomasse posse de seus bens e cuidasse das transferências. Acabaram esquecendo do fato, pois a família não se preocupava com dinheiro. Tinham o suficiente para ter uma vida tranquila, todos trabalhavam. Carlos seguia praticamente o mesmo caminho do pai. O jornalismo estava nas veias, o pai e o avô eram jornalistas de campo. O avô se engraçou pelas câmeras e mudou no caminho. Era um famoso na maior rede de televisão do país. Já o pai, comentarista de primeira. Exímio conhecedor de política, economia e outros assuntos do cotidiano. Escrevia colunas famosas e ainda dava umas palhinhas na televisão. Já Carlos gostava da investigação, das manchetes e fotografias. Poderia fazer de tudo um pouco. Mas estava entre a cruz e a caldeirinha porque também tinha a paixão pelos vinhos. Um sonho que comentava com a avó.

Falando na avó, dona Norma sabia o que queria e mais, sabia o que o neto queria. Tinha certeza de que Carlos fazia jornalismo para agradar o pai. Gostava mesmo de fotografar vinhedos, experimentar uvas. Viajou com a avó para a Serra Catarinense e Gaúcha e por lá se encantou. Apesar de jovem tinha muitos planos e entre eles um vinhedo. A avó comprou um belo terreno com majestosas parreiras. Fazia parte do terreno um belo casarão rústico na cidade de São Joaquim. Na morte da avó fazia apenas três meses da assinatura do terreno, o dono pediu um período de até seis meses para a desocupação e ela aceitou, conforme colocado no contrato, desde que estivesse todo o combinado sem que mexesse em nenhuma peça ou parede, pé de uva ou flor. Foi tudo acertado dentro do mais rígido vigor por advogados e dona Norma, apenas para dar tempo de encontrarem um local para a mudança, que aconteceu dentro do tempo estipulado.

Após quatro meses chegou o aviso da desocupação da vinícola. Carlos ainda estava enlutado, mas precisava tocar a vida e ver o que faria com sua herança. Precisava visitar para conhecer e decidir o que fazer. Por telefone ele pediu que os funcionários permanecessem trabalhando e disse que por enquanto tudo continuaria como estava. Assim que desse iria ver as instalações, passando o comando ao gerente, que já era funcionário do local. Assim fizeram.

Capítulo 17

HARMONIZANDO-SE

Adriana estava feliz e gostava muito de discutir questões de trabalho com Alexandre, principalmente, quando relacionadas ao comportamento humano e cuidados pessoais.

— Ale, corpo e mente precisam estar bem para podermos ajudar ao próximo. Logo, tem que haver um cuidado especial em se manter em plena harmonia, sabendo filtrar os acontecimentos.

Alexandre respondeu:

— Sim, acho que funcionamos com o poder de nossas ações, atraímos coisas semelhantes aos nossos pensamentos.

— Exato. Essa é realmente a sacada, o poder que temos de virar nossa realidade e atrair para nossa vida coisas boas. O poder da atração. Já fez o teste de acordar, ir à frente do espelho e dizer o quanto seu dia está lindo? Ou o quanto você é feliz?

— Pior que não! Eu sei as técnicas, mas sabe aquele ditado, "Santo de casa não faz milagre" ou "casa de ferreiro, espeto de pau"? Assim estou eu. Sei das coisas e não pratico.

— Daí é complicado, amigo. Precisamos colocar em prática nossos conhecimentos. Acreditar em nosso trabalho. Vender o nosso peixe. Só assim vamos passar credibilidade a nossos clientes. Aprendemos na PNL — Programação Neurolinguística, que nada mais é que as programações criadas por nossa mente. É fácil e você sabe fazer. Lembro que tirou 10 na apresentação do seu trabalho.

— Sim, é falta de vontade mesmo. Mas agora, trabalhando com você, estou me sentindo mais animado. E, pensando bem, não tem segredo, é só trabalhar nossos sentidos, iniciando com uma abordagem de comunicação. Coisa que não faço há anos é o exercício de autoconhecimento.

— Ale! Faça e me conte! Você vai se sentir muito mais confiante, pois esse exercício é uma abordagem de comunicação, psicoterapia e autodesenvolvimento que permite uma conexão entre a parte neurológica e todos os tipos de linguagens com os padrões comportamentais. Traduzindo, você vai estimular seu cérebro a pensar positivo e atrair coisas positivas para sua vida. E será automático.

— Automático? Como assim?

— Ora, amigo, pense comigo. Se você acorda amarrado, corpo doendo, vai com mau humor tomar café. A resposta no seu dia não vai ser das melhores. A sua mãe vai reclamar do seu mau humor, dizer que você é um jovem e já está desse jeito, imagina quando chegar à idade dela.

— Adriana, parece que você está relatando o meu dia.

— Sim, agora vamos mudar essa versão. Você acorda todo dolorido, mas vai até a janela, faz um breve alongamento, estica os nervos e músculos que estão atrofiados da noite mal dormida. Olha para o céu lindo e iluminado, agradece por acordar e por mais um dia maravilhoso. Vai à frente do espelho, se olha e diz "Nossa, como eu sou lindo! Tenho emprego maravilhoso, amigos fantásticos, sou grato por tudo isso. E, lá vamos nós para um novo dia. Bom dia". Chega à cozinha, abraça sua mãe e sorri. Ela corresponde com um "Bom dia, meu filho" e também sorri. E agora, Alexandre, qual versão do seu dia você prefere?

— Nossa, Adriana, você tem toda a razão. Vou levar a sério essa lei da atração, porque até agora eu estava agindo como um carro sem rodas. Tenho todo o conhecimento, sei o que preciso fazer, mas está muito claro que sem ação eu não vou evoluir, não vou sair do lugar.

— Exatamente, amigo, são as ações que vão gerar os resultados. E é contagiante, como o exemplo que dei. As suas ações vão influenciar sua família, seus amigos. Vai atrair coisas boas ou ruins. Vai depender do que você pensar e agir.

— Sim, entendi.

— E não se esqueça de prestar atenção nas portas que se abrem, nas oportunidades que surgem à sua volta.

— Com certeza, amiga, percebi que você leva isso muito a sério, pois está sempre linda, alegre e radiante.

— Sim, concordo. É isso mesmo. Não deixo a peteca cair. Tenho um ritual diariamente, fora os exercícios, caminhadas, meditações...

— E você tem tempo para isso tudo? Pergunta Alexandre.

— Sim, me organizando, alternando as atividades. Com uma agenda bem controlada, responsável, disciplinada. É difícil, amigo, mas é um passo por vez. E sempre tenho algo a melhorar em minha vida. No momento conto com você.

— É recíproco. Estamos juntos nesta caminhada. Confesso que estou aprendendo muito com você. Já fui muito retrógrado. Um pouco machista, confesso. Nunca pensei que teria tanto a aprender com uma mulher e ainda mais nova. Uma colega de faculdade e agora minha amiga.

— Bom saber disso. E olha aí sua evolução, reconhecendo seus erros, seus defeitos e abandonando-os. Muito bom! Falando em erros e acertos, preciso muito de sua ajuda!

— Para você?

— Não, para uma amiga. A esposa de um amigo de infância. Está passando por uma depressão profunda e precisa de atendimento psicológico. Como sou amiga da família não posso fazer, mas você já é neutro e pode ajudar. Renata não se ajuda e o marido está entrando em parafuso.

— Claro. Peça para Renata agendar o dia que for melhor para ela, disponível em nossa agenda. Será um prazer.

— Chegamos. A conversa estava tão boa que não conseguimos apreciar a paisagem.

— Da próxima vez vamos sair para meditar. Certo! E com certeza a moça está na frente de um cara que vai colocar em prática as novas lições.

— Gostei de ver, realmente parece estar convencido. Estou pagando para ver, amigo.

— Sério. Olha que eu aposto uma nota grande.

— Pois está apostado.

Deram as mãos para selar a aposta: como ele mudaria sua vida para melhor a partir da lei da ação e reação.

Capítulo 18

A LAMPARINA! — QUEM?

Rodrigo precisava conversar com o pai, acordou cedo, sentou-se na cama, colocou a mão entre os cabelos e ficou por alguns minutos perdido com seus pensamentos. Sabia que o pai acordava cedo e foi para o jardim cuidar das plantas. Seria a melhor hora para conversar.

As palavras já estavam ensaiadas há alguns dias e a coragem brotava vagarosamente. Seu coração acelerava, as mãos suavam e não podia esperar mais. Levantou-se decidido e foi até as orquídeas.

— Bom dia, papai.

— Bom dia, não foi para a faculdade hoje?

— Não! E preciso conversar sério com o senhor. Tem um tempinho agora?

— Claro! Vamos nos sentar. Sou todo ouvido.

— As flores estão lindas.

— Sim, elas estão realmente perfeitas. Mas vamos direto ao assunto que está te preocupando!

— Verdade, desculpe. Só estou tentando encontrar coragem para começar.

— Coragem para quê?

— Para lhe contar que não estou feliz no curso de Medicina. Nunca estive.

Rodrigo respirou fundo e continuou:

— O tempo está passando e não consigo me sentir à vontade nem amar o que faço. Falta algo. Não queria decepcioná-lo. Me perdoe, pai!

Um silêncio e um suspiro.

— O senhor não vai falar nada?

— Meu filho, vou te contar uma história para que conclua minha resposta. Uma lamparina cheia de óleo gabava-se de sua luz e ficou tão vaidosa que começou a dizer ter brilho superior ao Sol. De repente aconteceu uma rajada de vento e ela apagou-se. Acenderam de novo e lhe disseram: "Ilumina e cala-te, pois o brilho dos astros não conhece o eclipse". Rodrigo, filho, você sabe a moral dessa história.

— Não exatamente. É profundo, tem a ver com orgulho, brilho, não sei! Estou tão nervoso que não consigo pensar em algo concreto.

— A moral está em seu trabalho, com amor, sem orgulho. Para uma vida plena não precisamos seguir caminhos gloriosos, basta estarmos felizes com nossas funções. Já viu alguém morrer e levar suas riquezas?

— Não! Realmente! Mas pai, ainda não entendi o que tem a ver comigo ou com minha desistência da faculdade.

— Sei que você estava fazendo Medicina para agradar a família. Já havia percebido isso. Porém, você é luz por onde passa. Você brilha como os astros dessa história. Ninguém vai conseguir apagar seu talento, seu brilho, não importa onde você esteja e o caminho que quiser seguir. E me perdoe se algum dia lhe induzi a me seguir. Talvez o meu orgulho te fizesse seguir o caminho errado. Agora só espero que invista em você e seja feliz.

— Pai, você me deixa tão aliviado com suas palavras. Tinha sonhado com esse dia, corrigindo, tive pesadelos.

— Pesadelos? — Rogério soltou uma gargalhada gostosa e pediu ao filho que contasse. Esse quero ouvir.

— Sério, pai, sonhei que quando terminava de lhe contar você dava socos em cima da mesa, alguns gritos, dizendo "Não criei filho frouxo" — Falou imitando a voz do pai.

— Foi pesadelo mesmo, você me pintou assim bravo, nunca briguei com você.

— Sim, mas sempre o respeitamos e nos respeitamos.

— Verdade, meu filho. E você foi o melhor projeto que fiz nesta vida. Um presente de Deus. E agora está na hora de você seguir o seu caminho, faça o seu melhor.

— Oh, meu pai, obrigada por suas lindas palavras.

— Vá falar com sua mãe. A Neide deve estar mais apreensiva que você. Ela já havia me falado do seu desgosto pela Medicina.

— Sério?

— Sim. Você sabe como é sua mãe. Sempre está à nossa frente.

— Verdade.

Os anos passaram rapidamente e Rodrigo formou-se em Fisioterapia. Como já tinha o convite para trabalhar com Andréia, foi fácil entrar no mercado de trabalho. O rapaz estava feliz, pois o curso era tudo que ele esperava e a profissão lembrava a Medicina, só que com mais flexibilidade de trabalho.

Capítulo 19

A CARONA

Enquanto eu caminhava, observava os detalhes da rua de pedra, construída cuidadosamente com muita sabedoria. Escolheram as melhores pedras, os perfeitos encaixes, assentadas delicadamente ladeiras abaixo por quilômetros. Eram todas arredondadas e retiradas dos rios das proximidades da região de Minas Gerais. As cidades de Tiradentes, Mariana e Ouro Preto, além de outras cidades mineiras, ainda possuíam algumas ruas com pedra pé de moleque. Pensei na perfeição dos detalhes, na paciência da execução da obra e no sofrimento para transportar todo aquele material. No lombo de algum animal ou nas carroças vinham as pedras escolhidas a dedo. Onde o mestre pedreiro indicava as melhores posições, os escravos cavavam a rua, assentavam as pedras e jogavam areia por cima. Enquanto os pobres homens, vigiados e acorrentados pelos pés, faziam o trabalho pesado, as crianças pisavam a areia em um bailado frenético para assentar as pedras no lugar.

Eu já era moça feita, mas adorava brincar, dava umas fugidas e ajudava os meninos a pisarem a areia, era gostoso sentir a areia macia escorrer entre os dedos dos pés. Juntava a saia de babados com as duas mãos e ficava na estrada brincando com a molecada. Os meninos trabalhavam brincando e volta e meia um doce que esfriava na janela sumia como num passe de mágica, ninguém via. Mas quando as senhoras davam a falta do doce, gritavam "Te pego, moleque ladrão"! Eram assim que eram chamados os filhos dos escravos.

Enquanto caminhava, ora pensava em como fora construído aquele calçamento, onde a maioria das pedras utilizadas no litoral vinham em navios de Portugal. Aproveitavam o transporte que vinha para pegar o ouro e traziam pedras para as estradas. Era importante melhorar o transporte local, pois era das vilas e cidades brasileiras que se tirava a riqueza para levar a Portugal. Muitos escravos trabalhavam nas estradas em locais mais distantes, como Minas Gerais, e usavam as pedras locais retiradas dos rios. As vilas possuíam ruas estreitas pelas quais passavam pessoas e carroças, charretes, aranhas e até carros de boi, com o passar do tempo precisaram ser melhoradas para escoar a produção de alimentos, o próprio ouro e o aumento da população, que transformou as vilas em cidades.

Porém, por trás da beleza e do progresso, tinha minha família, e meus sentimentos afloravam. Eram flashes de sentimentos, misto de angústia, tristeza e saudade. Recordei de meus tios, primos e amigos que trabalharam nas pedreiras, construíam de tudo, as ruas, casas, igrejas e muros que eram feitos de pedra. Meu pai morreu na estrada e só me recordo dos seus olhos brilhando, com uma lágrima escorrendo pela face e dizendo "Ganhei minha liberdade. Liberdade!". Abriu um enorme sorriso e fechou os olhos. Eu era bem pequena, mas lembro que não fiquei triste, pois tudo que ele queria era a liberdade e pelo sorriso ao se despedir, pensei que ele conquistou como queria a famosa liberdade.

Continuei caminhando, observando a beleza do lugar, até que me sentei à beira da calçada e percebi que ali não passavam carros. As casas antigas, estilo açoriano, com janelas e portas coloridas, todas coladas e jogadas à beira da calçada. Algumas com fachadas mais exuberantes, outras mais estreitas e modestas. Resolvi me levantar, caminhar e espiar entre as janelas discretamente, pois minha curiosidade era intensa. O dia estava muito calmo e a falta de barulho me irritava. Em uma janela aberta, pude ver alguns móveis rústicos, mas ao mesmo tempo delicados. Continuei, a placa da rua indicava que se continuasse a descer encontraria a Praça Tiradentes.

Que absurdo uma praça enorme! Chamava a atenção pela extensa área em cimento, não era feia, mas, em minha cabeça, toda praça é coberta de árvores, bancos para casais namorarem, flores por todo lado e um coreto branco lindo. Onde haja música, crianças correndo e uma igreja por perto da praça, para assim poder ver o toque do sino anunciando a hora de ir para casa ou do início da missa.

Durante a missa ficávamos só de longe espiando o desfile dos lindos vestidos coloridos e bufantes. Algumas moças precisavam de um empurrãozinho para subirem a escadaria, isso devido ao tamanho e ao peso das saias. Mas era bonito de se ver.

Isso é uma praça. Um local vasto, com cimento para todo o lado, casas comerciais, museus e ruas não me fazia referência a uma praça. Perdia-me em pensamentos vagos, parecia estar em meio a um quebra-cabeça, pois estava caminhando sem rumo e sem saber o porquê de exatamente estar ali. Só tinha uma certeza em minha mente: precisava continuar, fugia de algo ou alguém.

Fui percebendo a beleza da rua feita com pedras pé de moleque do século XVIII, mais precisamente 1760, que estavam sendo trocadas por modernas pedras casadas, que são lisas e colocadas lado a lado, aquelas que conhecemos por paralelepípedo. Sentia-me triste e abandonada, assim como as pedras trocadas e largadas que perderam a utilidade, como páginas de um livro de história que foram apagadas. Só de pensar no lindo trabalho daquelas mãos calejadas e sofridas ser destruído, arrancado e substituído por outras pedras e por outras mãos trabalhadoras. Que pedra será agora? Será pedra ou cimento? E a história, como fica? Nossa! Minha cabeça está dando um nó. Acho que vou entrar no Museu da Inconfidência.

— Barbaridade! Estou sem um vintém. Não consigo pagar a entrada. Vou continuar minha andança.

De repente ouvi alguns gritos.

— Volte aqui, negrinha fujona.

Acelerei meu passo. Por um instante me vi correndo ladeira abaixo, fugindo igual a bandido. Corri esbaforida, perseguida pela cidade. A longa saia enroscou em um ferro exposto na rua e deu um rasgão. Fiquei triste em ver minha saia rasgada, mas era preciso continuar. Conhecia a cidade como ninguém, já estava acostumada a fugir, com pés descalços resolvi segurar a saia para melhorar a corrida. Entrei em alguns becos e consegui despistar os caras que me perseguiam. Sabia que se me pegassem ia apanhar feito boi ladrão.

Eu transpirava, não sei se era de medo ou de calor, o Sol queimava minha pele negra, que o atraía com muita intensidade. Precisava de água, se conseguisse andar por mais alguns quilômetros ia chegar a um rio e mataria a sede e o calor. Avistei uma frondosa árvore e ali descansei por uns minutos. Não podia ficar por muito tempo, pois logo viria alguém ao meu encalço. E aquela voz ecoava em minha cabeça.

— Negra fujona, volta aqui! Vai dormir com o couro quente quando eu colocar a mão em você!

Então, lembrando da cena, resolvi acelerar. Corri morro abaixo e morro acima, com as canelas bem fininhas, parecia pavio de pólvora, só dava para ver o rastro, ali eu não voltaria. Lembrava das chicotadas que na pele ainda ardia. Vi irmão negro morrendo, que tremenda covardia. Eu era apenas uma menina que na calçada brincava, cheia de esperança sonhava com a liberdade que há muito tempo tardia. Lágrimas e choros eu via, às vezes também eram minhas as lágrimas de dor e lamento da saudade ou mesmo de sofrimento.

Cheguei ao rio, na pedra grande lá de cima olhava a correnteza, a água batia nas pedras, era lindo de se ver, mas ao mesmo tempo dava medo, eu não sabia nadar. De longe ouvi os gritos "Corre, negra! Negrinha safada, é hoje que tu não me escapas". Então virei de costas, fechei os olhos e me joguei para não olhar. Bati no fundo e voltei, e como criança levada passei a boiar e pela correnteza fui levada. Mais à frente tinha uma queda e fiquei apavorada, comecei a me debater...

— Renata, Renata, acorda, meu bem.

Renata não dormiu a noite com insônia e agitada, mas resolveu aceitar o convite para ir à casa de Adriana tomar um café. Seria a possibilidade de colocar a conversa em dia, tinha saudades da amiga. Os fortes medicamentos para depressão lhe causavam tremores e não se sentia confortável para dirigir, logo resolveu ir para o ponto de ônibus. Enquanto esperava, passou uma conhecida que lhe ofereceu carona, no caminho ela adormeceu. A moça já sabia de seus traumas e resolveu deixá-la descansar.

Chegando ao destino, ela falou várias vezes baixinho.

— Renata, Renata, acorda, chegamos.

Lá pelas tantas a moça ficou nervosa com o sono profundo de Renata e a sacudiu pelo braço repetindo:

— Acorda aí, guria! Que susto você me deu!

— Caramba, dormi sentada. Chegamos? E o que houve? Você parecia assustada.

— Você não acordava. Estava em sono profundo e por um instante se debateu e até falou agitada.

— Nem te conto! E é melhor não te contar, você não ia acreditar. Outro dia tive um sonho assim e esqueci os detalhes, e agora ficou assim tudo picado, sem nexo.

— Realmente tem coisas que não têm explicação.

— Obrigada pela carona.

— Foi um prazer!

— Desculpe o transtorno. Faz tempo que não durmo direito, daí fico dando esses vexames pela rua.

— Imagina, não foi nada. Até.

— Tchau!

Desceu do carro e chegou à casa de Adriana, que a recepcionou com muito carinho. Conversaram, riram, tomaram café. Renata às vezes tinha uns flashes do sonho que teve no carro, mas decidiu não comentar.

A conversa era realmente muito empolgante, falaram de tudo, flores, animais, homens, o namoro de Adriana, a decoração da nova clínica, a família, a sociedade, os estudos. Evitando falar de doenças, dores ou qualquer outra coisa que baixasse o astral. Adriana era especialista em alegria, então foi fácil tornar a tarde de Renata descontraída e agradável.

Adriana, em um determinado momento, comentou com qual lente estamos vendo a vida, por qual ângulo. Às vezes as nossas certezas não batem com a nossa realidade!

Renata passou a pensar sobre a lente com que está vendo sua vida, será que ela é realmente tão triste e decaída ao ponto de se entregar ao desespero? Por um momento recordou da menina do sonho, do sofrimento de seu pai, clamando a liberdade que conseguiu ao se despedir do mundo. A garota com pés descalços, que enfrenta a morte na cachoeira para não ser pega e voltar à escravidão. "Meu Deus, agora consigo responder à pergunta de Adriana... Será que estou percebendo a totalidade ou apenas fragmentos quebrados de minha história? É claro que por muito tempo estive vendo só fragmentos de minha vida, tenho tudo e não sei aproveitar o que tenho. Sou ingrata! Talvez Adriana tenha razão e uma ajuda seja bem-vinda".

— Aceito!

— Sério? Você não sabe como me deixa feliz!

— Tem certeza de que não vou atrapalhar você ou seu amigo?

— Claro que não, eu ofereci. Será o maior prazer! Até porque você será nossa cobaia. Poderá dizer se gostou do tratamento. E não terá vergonha de dizer onde temos que melhorar.

— Se é assim, aceito.

Abraçaram-se e continuaram conversando. Renata parecia outra pessoa. Sair de casa lhe fizera bem, estava mais disposta e alegre.

Capítulo 20

O JORNALISTA

— Amor, sei que antes da vinícola você fazia fotos e artigos para um jornal local. Você não sente saudades daquele tempo?

— Sinto, sim. Na verdade, ainda faço algumas fotos e escrevo quando posso.

Maria Claudia estava curiosa a respeito da vida do futuro marido e queria saber tudo sobre ele. Principalmente se estava feliz.

Carlos realmente tinha saudades do povo do jornal, mas seus horizontes estavam se expandindo. Tinha novos planos.

— Amor, você lembra-se de algo que escreveu que marcou sua vida?

— Lembro, sim, você quer ouvir?

— Será o maior prazer!

— No último dia que estava indo para a redação resolvi passar na cafeteria, como fazia todos os dias, e lá encontrei um amigo que aguardava uma ex-namorada para conversar. Ele reclamou da garota, tomou o café e saiu. Eu permaneci ali sentado. Peguei meu caderno de anotações e tentei me colocar no lugar do rapaz. Passei a observar tudo e todos que estavam lá e a história ficou mais ou menos assim:

"Em passos tranquilos ele segue pela rua, observa o movimento dos carros, os prédios e até as pessoas que passavam apressadas. Ele entra na Casa de Pães, como se chama a melhor panificadora da cidade, passava todas as manhãs por lá, pedia um expresso da máquina. A moça servia naquelas xícaras de porcelana com borda dourada, a espuma do leite por cima fazia um desenho em formato de coração que deixava a aparência ainda mais atraente. Ao lado do pires, um pequeno docinho. O docinho era para disfarçar o preço salgado do café, mas o prazer que ele proporcionava era incalculável. Aquele tipo de prazer que toda pessoa deve ter

Flores, Amores e Todo o Resto!

pelo menos uma vez por dia, seja lendo uma página do seu livro preferido, apreciando as ondas do mar no vai e vem frenético no horizonte, o pôr do sol, o sorriso de uma criança, ou simplesmente ouvindo sua música preferida. Tem tantas coisas boas na vida para se comentar que a lista é grande, então paremos por aqui e voltemos ao cafezinho.

Sentar-se com calma em uma bela cadeira ou mesmo na bancada do local, ao ver os quadros que enfeitam a parede, enquanto observamos a paisagem, as pessoas rindo e conversando, um casal trocando carícias nas mãos enquanto tomam o café. Os doces enfeitam a vitrine e os olhos brilham de ansiedade à espera do pedido que está por vir e da companhia que atrasou por alguns minutos. Mas está tudo bem, o silêncio também é um ótimo conselheiro, refletir, pensar, saborear são coisas que pouco fazemos na correria da vida. Desculpe, vou reformular... A vida não corre, quem corre somos nós, por isso parei. Parei para perceber melhor o sabor das coisas, das pequenas coisas, como mastigar, sentir o alimento e o sabor que tem.

Foi justamente aí que percebi que gostava do que estava vendo, da confeitaria, dos alimentos e do processo para chegar até aqui. Do cheiro do pão saindo do forno, não tem coisa melhor que um pãozinho francês estalando. A vida tem que ser assim, como essa padaria, temos que participar do processo, sentir cada sensação, seja ela boa ou ruim, não perder nada. Colocar as cerejas no bolo, ver o pão assar, os filhos crescerem e acompanhar esse crescimento, para isso precisamos parar com a correria, fazer as coisas acontecerem a seu tempo, planejar, nos organizar. Como o relógio do forno, trabalhar em sintonia para não perder etapas e não passar do ponto.

— Que café gostoso! Moça! Por favor, traga mais um café, e agora com uma empadinha. Obrigado.

— Senhor, agora só temos de palmito e camarão. Qual prefere?

— Palmito, por favor. Obrigado.

O telefone toca. É da redação.

— E aí, Carlinhos, o conteúdo de hoje está pronto?

— Está no forno! Fica pronto logo.

— Não demore, rapaz. Sua cabeça está a prêmio.

— Tu... Tu... Tu...

A atendente chega com o café e a empadinha. Então ele continua saboreando o momento como se nada tivesse acontecido. O segundo parece ainda melhor que o primeiro, pois agora acabou a ansiedade da espera. Podia comer descansado, sem ninguém para falar ou interromper seus pensamentos. Estava livre. Era o que realmente estava pensando. Boa essa sensação de liberdade, não ter compromisso com nada, nem ninguém.

Na verdade, nosso maior compromisso é conosco. Lembro quando alguém me disse: primeiro eu, segundo eu... e assim por diante. A partir daquele dia esqueci até quem me disse, mas cuido primeiro dos meus problemas, meus interesses, meu bem-estar, meus objetivos, depois verifico o que posso fazer pelo outro. Se eu não estiver bem, como poderei ajudar, não é verdade?

Parou um pouco para pensar na sua pergunta quando de repente viu uma criança no lado de fora da padaria, na calçada olhava os doces com as mãozinhas encostadas no vidro da vitrine. Olhos negros vidrados. Em um surto, sem pensar, me levantei da cadeira, fui à porta e chamei.

— Ei, vem cá!

Ele apontou para si com o dedinho indicador. Sem falar nenhuma palavra.

— Sim, você, vem cá. Quer um café, um docinho?

Ele apenas me olhava e aos poucos fui ganhando sua confiança. Falei que gostava de crianças e que tinha sido parecido com ele. Adorava andar descalço e fugia de minha mãe. Brincava na rua com bolinhas de gude e fiz meu próprio rolimã. Ele riu e disse:

— Um doce, por favor.

Então eu perguntei:

— Você me faz companhia? Vamos nos sentar. Daí você me conta um pouco de você. Ok?

Ele riu novamente e sentou-se à mesa. No começo era de poucas palavras, mas depois que soltou a voz e perdeu a vergonha, contou coisas importantes.

— Moço, tenho 6 anos, eu brinco com bolinhas de vidro e o meu irmão tem um carrinho de rolimã.

— Qual seu nome, querido?

— Sou o Davi.

— Davi, você conhece a história da origem do carrinho de rolimã?

— Não sei, **não!**

— Os primeiros carrinhos construídos apareceram em São Paulo, Rio de Janeiro e Belo Horizonte no final da década de 1960 e começo da década de 1970, as primeiras cidades a terem ruas asfaltadas.

— Onde você mora?

— Moro ali na favela. Minha mãe não quer que fale favela, agora é comunidade.

— Sim. E com quem você mora? Sua mãe sabe que você está aqui?

— Mora eu, meus irmãos e minha mãe. Ela está trabalhando. Eu não estou indo na escola ainda. Vou entrar no fim do ano.

— E você já sabe ler?

— Ainda não. Mas já sei números e letras. Meu irmão ensinou.

— Que bom.

— E seu pai?

— Morreu, a mãe tentou se casar com outro homem, mas ele foi preso e ela só teve outro irmão. Ela disse que ele só deu prejuízo.

— E o que sua mãe faz? Trabalha onde?

— Faz faxina, é diarista. Ora tem serviço, ora tá em casa brigando. Diz que a gente só incomoda. Por isso não gosto de ficar muito em casa. Quando eu fico aqui, às vezes alguém me dá comida, como o senhor. Mas a maioria do povo não me vê. Acho que sou pequeno e feio.

— Não, Davi, você é lindo. É o povo que está sempre com pressa. E alguns te veem, mas não têm dinheiro.

— Será?

— Sim. Você precisa estudar. Só estudando terá um futuro melhor que o do seu pai e da sua mãe. O estudo transforma as pessoas e cria oportunidades.

— O moço acha?

— Sim, eu também fui muito pobre. Minha mãe foi mãe solteira e me criou sozinha. Mas sempre disse que o futuro estava na educação.

— Meu irmão também diz isso. Ele tem 10 anos e disse que vai estudar para ser alguém na vida. Ora, ele já é alguém. É meu irmão, o Jorge.

— Sim, concordo com você, ele é sim alguém e muito importante para você e por isso que ele quer estudar, porque quer ser ainda mais importante.

— Como assim importante?

— Você conhece as profissões?

— Sim. Adoro os bombeiros.

— Isso, para ser bombeiro precisa estudar. O médico, o advogado, o prefeito, até a moça que está ali nos atendendo precisou estudar para estar aqui.

— É.

— Sim. É importante estudar para conhecer os números, o dinheiro, medir as paredes, calcular o quanto gasta e quanto recebe, quanto custa cada doce que estamos comendo.

— Ora, moço, agora quero estudar e vou falar para Alice que ela precisa estudar para ser balconista igual à moça daqui.

— Davi, as mulheres podem estudar e fazer qualquer coisa, já existem mulheres pilotando avião, dirigindo caminhão. A mulher pode fazer tudo o que quiser, mas precisa estudar.

— Então, se minha mãe tivesse estudado, ela poderia trabalhar melhor.

— Sim, com certeza teria melhores oportunidades. Poderia ter outras profissões ou mesmo fazer o que faz com maior facilidade e outras possibilidades.

— Entendi. Mas o senhor acha que minha mãe é velha para estudar?

— Não. Ninguém é velho para estudar. Basta querer estudar. Tem inclusive escola para adultos.

— Vou contar para ela. Quem sabe ela queira ter uma vida melhor. Acho que ela apanhava do namorado, porque ele não tinha trabalho. E o polícia foi lá e levou ele. Mas eu também não gostava daquele cara.

— E agora como está sua mãe?

— Ela está bem. Sempre diz que é melhor estar só que mal acompanhada. Não entendo dessas coisas, mas o Jorge acha que ela está mais calma. E eu gosto dela assim.

— Que bom. Moça, por favor! Embrulhe alguns pães e doces e pode me emprestar caneta e papel?

— Pode ser seis de cada, senhor?

— Sim, perfeito.

— Aqui está o papel e a caneta.

— Obrigado.

Junto do embrulho coloquei o seguinte bilhete:

Senhora,

Seu filho Davi é um garoto esperto, inteligente e tem um futuro brilhante pela frente. Tomou café comigo a meu convite e contou sobre o desejo de estudar. Contei a ele sobre minha vida e que o estudo é capaz de mudar a vida de uma família. De um pobre filho de mãe solteira, excluído pela sociedade, me formei na faculdade de Jornalismo com o suor do trabalho de minha mãe e dos meus esforços. A família nos reconheceu após anos de desprezo. Hoje somos muito felizes. Minha mãe casou-se e constituiu uma bela família. Conseguiu estudar, mesmo depois de certa idade. Eu já era crescido, mas ela nunca desistiu da educação. Por isso, instrua seus filhos e se instrua, mude sua vida, cara amiga. Você merece e seus filhos também.

Carlos.

As pessoas que chegavam à padaria se sentavam nas mesas para o café e me olhavam. O que um cara fazia com uma criança descalça na mesa? Paguei a conta e me despedi do menino. Dei os pacotes para ele e agradeci a conversa. Pedi que levasse os pães e o bilhete para explicar os pacotes. Quando terminei, estava sendo observado. Fiquei constrangido com os olhares. Quase perguntei se haviam perdido algo.

Continuei mais um tempo ali na mesa e passei a rabiscar o papel com minhas novas ideias. Ao mesmo tempo, parei para pensar na vergonha que senti ao ser julgado por estar dando café a uma criança. Pensando bem, não tenho que ter vergonha, não fiz nada de errado e ninguém paga minhas contas.

— Que café gostoso. Pago com prazer. E esse docinho que vem para acompanhar o café é uma delícia.

Missão cumprida por hoje. Posso voltar ao trabalho tranquilo, fiz uma pausa decente. Acho que vou indicar como pauta de pesquisa para a revista os sabores do café.

E eu pensei: esse tema é interessante. Acho que falar da correria e da falta de tempo da população já está manjado. A menos que fosse visto por outro ângulo, como aproveitar melhor seu tempo e ver o que se passa à sua volta. Não vemos ou fingimos que não vemos. É pensável!

Porque jornalista fica procurando sempre algum furo de reportagem. Na verdade, eu gostaria é de poder ter mais tempo e dinheiro e mudar de rumo. Mas enquanto isso não acontece, vamos ao trabalho.”

Então, o que você achou?

— Brilhante, amor. Você transformou um simples cafezinho em um momento de amor ao próximo, reflexão sobre a vida, a educação e principalmente dispensou seu tempo a ajudar uma família desconhecida. São pequenos gestos que podem mudar uma vida. Conhecer o desconhecido. Lindo!

— Obrigado, querida, nunca tinha observado por esse ângulo. Já vi que seremos ótimos parceiros.

Capítulo 21

FELICIDADE É PASSAGEIRA

Maria Claudia estava feliz e animada com o trabalho, mas ao mesmo tempo triste pela viagem de Carlos. Fizeram planos para ele ir na frente organizar tudo e em mais ou menos um ano ela mudaria também para São Joaquim (SC). Enquanto isso, continuava a trabalhar com Adriana, estudar nas horas vagas para aperfeiçoar seu currículo com novas receitas e experiências. Pensou até em fazer uma pequena viagem à França e à Itália para ter algumas aulas em cursos que estavam promocionais e que fariam muito bem ao seu progresso profissional e ao futuro na vinícola.

A imunidade de Maria Claudia teve uma baixa repentina e ela passou a ficar abatida e desanimada com muita frequência, a princípio todos pensavam ser depressão por falta do Carlos, mas logo a família, em especial o pai, passou a observar a fraqueza da filha.

Antônio e Helena passaram a discutir o caso de Maria, pois, apesar de a moça dizer que estava tudo bem, era visível aos pais o estado debilitado da filha.

Maria se levantou animada, foi até a cozinha e preparou um suco verde. Usou tudo o que tinha em casa, espremeu laranjas, bateu com couve e agrião. Colocou em um grande copo bem bonito e se sentou em uma banqueta do jardim. Antônio chegou e falou com a filha.

— Bom dia, querida, posso te acompanhar?

— Claro, papai. Fiz bastante pensando em você.

— Que bom! Acordou animada?

— Sim!

Conversaram sobre a clínica, sobre os planos para o futuro, até que Maria Claudia sentiu uma vertigem e deixou o copo cair no chão. Suava frio e o corpo esmorecia em fraqueza, o pai amparou-a nos braços e ficou extremamente preocupado. Uma farpa do copo em seu dedo provocou um pequeno corte, mas o sangramento parecia incontrolável. Helena, ao ver a cena, pegou a caixa de primeiros socorros e auxiliou Antônio a estancar o sangue com uma compressa e ataduras no dedinho.

— Vamos ao médico!

— Não foi nada, pai, já passou.

— Não, você está branca, pálida. Por agora vou te levar para o quarto para descansar e vou marcar nosso médico.

Antes que Maria abrisse a boca, ele respondeu:

— Não se preocupe, vou desmarcar nossos compromissos de hoje. — E fez com o indicador entre os lábios um sinal de silêncio para que ela não falasse nada. — Xi!!!

Ela arregalou os olhinhos fundos e marcados pelas olheiras e deu de ombros, sacudindo levemente, como quem sabe que nada pode fazer com as palavras de seu pai. É obedecer e obedecer. Virou para o canto e adormeceu. Pareciam segundos e passaram-se duas horas.

— Acorde, meu bem, consegui um encaixe para hoje, em 30 minutos. Sua mãe vai ajudá-la a se vestir.

Na clínica o médico examinou e perguntou coisas. Perguntou mais e anotou. Anotou e perguntou.

— Abre a boca e dia um "A" bem grandão...

— AAAAAAAAAAAA.

— De novo.

— AAAAAAA.

— Agora vou bater com o martelinho, não vai doer. Vou pedir uns exames. Não vou dar medicamentos hoje, mas quero esses exames com urgência, por isso gostaria que, se for possível, Maria permaneça em observação aguardando esses e outros exames.

O pai, nervoso, perguntou:

— É uma internação?

— Sim. Apenas para realizar os exames com mais agilidade.

— Mas o senhor já suspeita de algo?

— Sim, mas é precoce falar em qualquer coisa sem os exames, que serão a prova de minhas suspeitas. E só então podemos iniciar um tratamento.

Flores, Amores e Todo o Resto!

— Ok.

Enquanto a filha realizava alguns exames, Antônio não aguentou e foi procurar o médico.

— Doutor, o senhor me desculpe, mas estou extremamente preocupado. Sou pai e o senhor não pode me deixar assim sem nenhuma informação. Suspeita ou não, preciso saber o que o senhor acha que é. É grave?

— Sim, seu Antônio, tenho quase certeza de que é algum tipo de anemia ou algo assim. Mas como lhe falei, alguns exames vão nos dar a noção de que grau está a doença e qual o melhor tratamento. Não podemos é nos apavorar agora. Precisamos nos concentrar em ajudá-la a superar esta fase.

— Está certo, doutor, vou me acalmar e seja o que Deus quiser.

— Vai dar tudo certo. Em duas horas teremos os primeiros exames.

— Vou aguardar com minha filha. Obrigado.

— Mais tarde passo lá. Até.

— Boa tarde. Os exames ficaram prontos e comprovaram o diagnóstico, houve uma baixa significativa nas plaquetas.

— Plaquetas?

O médico explicava com detalhes para que a família compreendesse o que estava acontecendo com a moça.

— Sim, as plaquetas são células do nosso sistema sanguíneo, responsáveis pela coagulação do sangue, limitando hemorragias. São essenciais para cicatrização de lesões traumáticas, como cortes e feridas. Quando Maria relatou que em um pequeno corte perdia muito sangue e que demorava muito tempo para cicatrizar, como este do dedo com o copo no dia de hoje, me acendeu um alerta. São as plaquetas que também agem no organismo para combater algumas doenças crônicas, como o cancro. Uma pessoa com nível normal produz em seu organismo de 150 a 400 mil microlitros de sangue. E no seu caso a contagem está inferior a 50 mil, aumentando o risco de hemorragia, essa doença também é chamada de plaquetopenia, traduzindo, plaquetas abaixo do nível.

Pai, mãe e filha permaneciam calados e o médico continuava falando das plaquetas, já havia explicado que quanto mais eles conhecessem a doença mais fácil seria o tratamento, pois saberiam com o que estavam lidando. E talvez por isso todos estivessem concentrados.

— Vamos continuar com alguns exames mais específicos para ver como está a medula óssea, pois quando as plaquetas não estão bem, a causa pode estar lá, pois as plaquetas são células do sangue e são produzidas na medula óssea. Tem algum motivo para elas não estarem se renovando, o normal seria que elas circulassem pelos vasos sanguíneos durante cerca de 10 dias até serem distribuídas e substituídas por plaquetas novas. E no seu caso, Maria, elas não estão realizando essa função com normalidade. Também precisamos descartar a Trompecitopenia, que são justamente doenças da medula óssea, e alguns tipos de anemia. Alguns sintomas são hemorragia abundante durante a menstruação, sangramento nasal ou das gengivas, elevada perda de sangue em um pequeno corte e, por fim, o aparecimento de nódoas negras com facilidade e hemorragias.

— Meu Deus, doutor, pelo menos dois desses sintomas minha filha tem. — Disse Antônio nervoso.

Helena disfarçava o choro e saiu da sala praticamente em prantos. Foi para o corredor, agachou encostada na parede com as mãos na cabeça, desolada, a chorar.

O médico tratou de explicar.

— Calma, seu Antônio, vamos continuar pensando que todo exame clínico precisa estar associado ao exame laboratorial. Não podemos simplesmente achar que uma pessoa que tem um sangramento de gengivas tenha anemia. Pode ser apenas um caso de gengivite e precisa adaptar uma escova e usar pasta de dentes especiais. Então, não podemos ser precipitados. Sei que não será fácil, mas que com paciência tudo será resolvido. Tenhamos fé.

— Sim, doutor, a fé não nos falta. O senhor tem toda a razão. Obrigado por toda a paciência e pelos esclarecimentos.

— Maria, hoje você será medicada e mais tarde vai passar alguém do laboratório para fazer novas coletas. Tem uma dieta especial durante o período de exames. Qualquer coisa é só chamar a enfermeira. Estarei de plantão até as 19h e retorno amanhã para te ver. Boa noite.

O médico sai e Maria abraçou o pai. Ambos permaneceram por algum tempo ali quietinhos. Nenhuma palavra. Até que o silêncio se quebrou com a fala da moça:

— Pai... Vamos vencer essa. Eu confio.

— Eu também, meu amor. Confio em Deus e tudo vai passar. É só uma tempestade.

Esbaforido, chegou Carlos.

— Amor, como você está? Vim assim que soube.

— Meu Deus, quem te falou? Não era para você sair de seu trabalho.

Antônio aproveitou a chegada do namorado de Maria para sair discretamente e ir atrás de Helena. Encontrou a mulher já sentada em uma poltrona na sala de espera com a cara inchada de chorar. Sentou-se ao seu lado, pegou sua mão e a acariciou. Eles se olharam e a mulher perguntou:

— O que será de nossa filhinha?

Ele responde:

— Vai dar tudo certo, amor. Tenha fé. Já passamos por tantas coisas juntos. É só mais uma provação. Ela vai superar. É forte, tenho certeza, e nós estaremos ao seu lado. Certo?

— Claro, sempre.

Encostaram a cabeça e os ombros a descansar e ali ficaram por algum tempo.

A rotina de Maria se intensificou no hospital e o diagnóstico do médico foi comprovado, a medula havia perdido sua função, necessitava de transfusão e a moça entrava para uma fila para receber doação.

A fila para receber medula de doadores era extensa, a família toda, amigos, vizinhos e parentes foram chamados para fazer os testes, mas infelizmente ninguém era compatível. E, com o caso se agravando, Maria passou a fazer transfusão de sangue e receber plaquetas.

O tratamento se intensificou conforme a piora do quadro clínico, e a família passou a acompanhá-la a viagens a São Paulo periodicamente, a cada mês um intercâmbio entre Floripa e São Paulo. Passou a tomar plaquetas e sangue em transfusões periódicas. A linda garota perdeu seus longos cabelos e ganhou alguns quilos por efeito dos medicamentos pesados e terapias.

O pai acompanhou por dois anos a maioria dos procedimentos, a mãe era mais frágil, chorava com facilidade e Antônio, apesar de estar muito perturbado com a situação, tentava manter o equilíbrio emocional. Desde pequeno foi acostumado por seus pais a pensar que homem não chora e por isso procurava segurar a emoção. Era chegado a umas piadinhas para descontrair e o bom humor fazia parte de seu estado psicológico, apesar de também saber dar uma bronca quando era necessário. O respeito primava em seu lar. Maria sempre foi a filha preferida, mas também era a única filha mulher, já Tony era a sua cara e seu humor e era o preferido da mãe.

Dois anos de idas e vindas a hospitais, visitas periódicas aos médicos, clínicos gerais e oncologistas. Havia dia em que Maria estava melhor, dia em que não queria ver ninguém e um dia de esperança. O telefone tocou e era do banco de medulas, apareceram dois doadores compatíveis.

Capítulo 22

TUDO POR UM SONHO

Elisa passava a mão na pequena janela do avião como se quisesse limpar, tentando fazer passar a dor que estava sentindo, mas não era possível. Deixou os três amores de sua vida, suas filhas e seu único amor. O homem da sua vida.

Era necessário afogar-se nos estudos para arrancar a dor do peito, fechou os olhos e adormeceu por alguns minutos.

Chegou a Cuiabá, tomou algumas outras conduções até o centro de estudos e fez contato com a pousada avisando de sua chegada. Foi do Mato Grosso ao Complexo do Pantanal ou simplesmente Pantanal. Na cidade, comprou uma botina de borracha e uma capa de chuva, poderiam ser úteis.

Já havia feito um estudo prévio da região para tomar as primeiras providências, conhecia o clima, a vegetação, enfim, a biodiversidade.

— Mãe, cheguei ao Pantanal. Ainda estou na região que pertence ao sul de Mato Grosso e devo permanecer aqui algum tempo, depois vou seguir para o noroeste de Mato Grosso do Sul, onde está a outra parte da biodiversidade do Pantanal que vou estudar. Essa região corresponde a 65% de todo o bioma do Brasil, e depois de estudar esses dois campos vou além. Devo seguir ao norte do Paraguai e leste da Bolívia, onde é chamado de Chaco boliviano.

— Que incrível, minha filha. Estou vendo que você está bem empolgada. É fascinante ver como você sabe das coisas e se interessa pelo meio ambiente. E você já sabe tudo isso?

— Sim, mãe, preciso saber tudo sobre a região, vou morar e estudar aqui por anos.

— Verdade, meu bem. E como está se sentindo?

— Bem! E muito curiosa. Não ligue se em alguns dias eu não der notícias, nem todo lugar pega sinal. Aqui é uma loteria.

— Está bem, minha filha. Vou rezar e tudo vai correr bem.

— Obrigada, mamãe. Tenho que ir. Dê um beijo no papai, nas meninas em todos aí. Beijo.

— Deus te abençoe.

A moça tomou um carro de aluguel até a pousada e no caminho continuou lendo um livro sobre o Pantanal.

Ela falava sozinha, ora ria e se admirava com as possibilidades. Precisava pensar.

No caderninho anotava tudo que achava relevante, lia em voz alta, encostada no assento do carro.

O taxista olhava pelo espelho e franzia a testa ao ver as caras e caretas que a moça fazia ao ler seu livro.

— "O Pantanal é considerado a maior planície alagada contínua do mundo, com 140.000 km² em território brasileiro. 44.000 km² estão divididos entre Bolívia e Paraguai. O Pantanal Boliviano possui 31.898 km²". Interessante, é bom anotar. "A região é considerada pela UNESCO como Patrimônio Natural Mundial e Reserva da Biosfera, localizado na região do Parque Nacional do Pantanal".

— E dona, apesar do nome, as áreas pantanosas na região pantaneira são reduzidas.

— Sério?

— Sim, senhora. Mesmo assim temos uma fauna muito rica. As aves são vistas passeando por aí.

— Verdade. Aqui é o maior berçário do país. O senhor sabe que no Brasil inteiro estão catalogadas cerca de 1.800 espécies de aves e que 650 delas estão aqui? Não é incrível?

— Verdade, dona?

— Elisa! Me chame apenas de Elisa. Vamos andar muito juntos.

— Certo. Eu sou José, o popular Zé. A mais espetacular é a arara-azul-grande, uma espécie ameaçada de extinção.

— Sim, essa é a ave símbolo do Pantanal. Não é, seu Zé?

— É, sim, a moça tá certa. Mas eu também acho lindo o tucano.

— Esses são muito interessantes, a maioria conhece apenas o tucano preto com bico branco, mas existem mais de 40 espécies das mais variadas cores.

Flores, Amores e Todo o Resto!

— A moça não queira chegar perto do bico desse bicho, se tiver com filhote então... vai te machucar feio.

— Realmente os bicos são incríveis, notavelmente grandes e coloridos, possuem a função de termorregulação.

— Termo... o quê?

— Termorregulação! É um mecanismo que ajuda a controlar a temperatura corporal, principalmente para as espécies que passam muito tempo na copa de árvores da floresta e ficam expostas ao Sol tropical quente, precisam de equilíbrio e proteção.

— É, dona, coisa de Deus. Tudo se adapta.

— Sim. Facilita a adaptação. E eu que pensei que era apenas um tipo. Tucano para mim era um bicho só.

— Não. Imagina, a família dos tucanos inclui cinco gêneros e mais de 40 espécies diferentes. Tem as mais variadas cores e tipos. — José continuou. — Aqui também temos periquitos, garças-brancas, beija-flores. O beija-flor é incrível. São miúdos e muito rápidos.

— Esses são incríveis, os menores chegam a pesar dois gramas.

— A senhora já viu por aqui algum socó?

— Socós... o senhor tá falando da garça-castanha?

— Sim, essa mesma.

— É uma espécie de garça de coloração castanha. Muito bonita e elegante. José, faz um favor?

— Sim, senhora!

— Me chama de Elisa.

— A moça Elisa vai adorar conhecer as jaçanãs, emas, seriemas, papagaios, colhereiros, gaviões e carcará.

— Você está muito certo, estou extasiada com tanta beleza. Já li muito, mas estar em contato com tanta beleza e com essa diversidade é fantástico.

— Pare um pouquinho, José! Veja lá no fundo aquelas borboletas. Meu Deus, que fantástico. Agora entendo como já foram catalogadas aqui mais de 1.100 espécies de borboletas. Espetacular! Pronto. Podemos retornar ao campus. Hoje devo tomar algumas decisões importantes. Boa tarde, José.

— Chegamos. Boa tarde, dona Elisa.

O doutorado estava fazendo bem para Elisa, a pesquisa de campo em meio à natureza deu-lhe novos ares. Arrumou guias locais para ir aos locais mais remotos do Pantanal, para colher flores, cascas, sementes e todo material que pudesse ser útil.

Ligava aos pais sempre que possível, às vezes as ligações falhavam. Muitas noites era frustrante não ouvir a voz das meninas. A região era realmente um milagre da natureza. E os meses foram passando rapidamente.

Capítulo 23

AS NUVENS QUE BRINCAM!

O milagre aconteceu dias antes de 13 de março. O telefone tocou, a mãe atendeu e se sentou no sofá. Ficou branca e não conseguiu responder nenhuma palavra. Antônio, que estava a seu lado, pegou o telefone e continuou a ouvir a ligação.

— Pronto. Pode repetir?

— Encontramos uma medula compatível com a de Maria Claudia e ela precisa se internar com urgência, o transplante será dia 13 deste mês de março, às 8h da manhã. O senhor compreendeu?

— Sim. Estamos indo imediatamente. Obrigado.

Antônio avisou o serviço, por telefone, abraçou esposa e a filha e correram para fazer uma mala para os dois. Poucas coisas, mas de utilidade.

Helena estava muito frágil e abatida, e mesmo sofrendo, Antônio disfarçava a dor. Havia perdido peso e seu rosto tinha expressão de sofrimento, não brincava mais como antes. Os dois filhos eram a razão de viver do casal. E o medo de perder Maria Claudia estava tomando conta da família.

Do avião olhavam as nuvens e Maria Claudia, na janela, brincava com o pai dizendo ver bichinhos entre elas.

— Olhe, pai, ali tem um cachorro bravo, olhe o tamanho da boca.

— E você não está vendo a manada de elefantes que vem vindo logo ali?

— Estou precisando de óculos, só vi uma tromba.

E, brincando, já estavam tomando um táxi para o hospital.

Enquanto o transplante acontecia, Antônio conversava com um amigo por telefone dizendo:

— Jamais esquecerei essa data, 13 de março de 1988, dia em que minha filha recebeu uma medula. Agora é torcer para que não ocorra rejeição.

— Cara, você sempre foi otimista, o melhor da equipe, nem pense besteira agora. Pelo contrário, já deu certo e o pior já passou.

— Verdade, é exatamente assim que vou pensar, o universo conspira e vai me ajudar. Já deu certo. Obrigado.

— É isso aí, você é o melhor e já conseguiu. Venceu mais uma. Um grande abraço.

Antônio ficou ali parado com o celular na mão pensando no que o amigo havia dito. E em sua mente só tinha uma frase: "Já vencemos, minha filha está curada. E pronto. Obrigado, meu Deus".

Entrou no hospital e a enfermeira passou e sorriu.

— Seu Antônio?

— Sim.

— Sua filha já está indo para o quarto. Pode aguardar por ela lá.

— Obrigado.

Quando chegou, Maria Claudia dormia. Ele a olhava com um sorriso no rosto. O médico avisou que fazia parte do tratamento algumas sessões de quimioterapia e que seu cabelo ia cair novamente.

A moça não tinha mais o cabelo longo e lindo, agora era apenas um ensaio de fios finos e muito fracos. Mas já tinha sido orientada que poderia fazer um tratamento para estimular o crescimento. A família não se importava com a beleza, mas sim com a vida.

Foram oferecidas perucas, mas a moça preferia assumir a careca, no início do tratamento ainda estava um pouco inchada, parecia gorda e isso a incomodava. Mas com o passar do tempo e a retirada da quimioterapia, a vida praticamente voltaria ao normal. Exceto as viagens de retorno médico a cada dois ou três meses, conforme agendamento. Os hospitais e médicos de São Paulo e Florianópolis trabalhavam juntos, trocando informações, e isso foi fundamental para o transplante e para a eficiência do tratamento.

Os lenços davam um charme ao rosto angelical e foi justamente um desses lenços lindos que Maria Claudia escolheu para se casar. Carlos foi parceiro durante todo o tratamento, estava cada vez mais apaixonado e provou que não estava com a moça por sua aparência ou por seus belos cabelos. Existia uma conexão desde o primeiro dia.

Nem a distância e o trabalho na vinícola atrapalharam o romance. Superaram tudo juntos.

Porém Maria Claudia recuperava-se devagar e estava muito insegura. Ora por causa da doença, da aparência, dos quilos que havia ganhado com as quimioterapias e com a perda do cabelo, ora pela distância, mesmo o rapaz fazendo de tudo para estar o máximo presente, precisava trabalhar. E passavam mil coisas por sua cabeça. As meninas que ele conhecia e as moças do trabalho, por que demorava em retornar suas ligações. Havia perdido o interesse por ela? Será que continuou o namoro e noivado por pena? Não terminou por causa da doença. Um turbilhão de perguntas sem respostas.

Maria Claudia chorava, ora desabafava com o pai, que a consolava e desfazia todos os seus pensamentos pessimistas.

— Amorzinho, Carlos te ama. O garoto é apaixonado. Vimos o quanto ele sofreu ao seu lado, te esperando e nos ajudando. Agora tire essas besteiras da cabeça e vá ficar linda. Sei que é difícil ficar melhor, mas limpe as lágrimas e passe um batom.

— Ok, papai, você venceu!

— Benzinho, agora você já pode sair do colo do velho.

— Está bem, vou me arrumar. Obrigada, papai.

Estalinhos de muitos beijos ouviam-se de longe. Maria Claudia enchendo o pai de beijos.

— Vou ligar para ele... Carlos, amor, quando você vem?

— Estou chegando, amor! Já estou em Florianópolis. Só parei no Centro para comprar umas besteiras, mas logo chego à sua casa.

— Que bom, amor! Precisamos passar no apartamento. O pedreiro ligou. Disse que terminou as obras e gostaria que fôssemos ver se ficou do nosso agrado. Sabe como é seu Juca, gosta de tudo certinho.

— Sei. Que bom. Em meia hora estou aí.

— Também tem que ir à igreja, acertar alguns detalhes.

— Certo, vamos ver isso tudo. Beijo, amor.

Capítulo 24

DEPOIS DA TEMPESTADE

Optaram por um casamento simples, elegante e muito romântico. Em anexo ao convite de casamento tinha um lembrete: a cerimônia seria na Capela Santa Catarina de Alexandria, localizada na Rua Dona Francisca, 9660 – Zona Industrial Norte, de Joinville – SC.

Muitos se perguntavam por que uma igreja tão longe, por que uma dúzia de convidados e três dias de festa. Porém, a explicação e a lógica estavam no sofrimento e na dor, na resignação e regeneração. Sem sacrifícios não há vitórias. E os sacrifícios haviam ocorrido, era a hora da vitória sobre a dor e o sofrimento, que deveria ser comemorada com os íntimos, em família.

Maria Clara escolheu tudo com detalhes, as flores brancas, a pequena capela estilo enxaimel, com uma linda história de sua construção em madeira para atender aos imigrantes em 1947, reconstruída em alvenaria em 1952.

A mãe e a moça cuidaram de tudo, convites, cerimônia, pousada para os convidados. E o último detalhe...

— Mãe, vamos, é hora de provar os vestidos. Papai e Tony já foram e ficaram lindos. Carlos está fazendo surpresa, mas sei que já está tudo pronto também.

— Vamos.

O vestido branco era simples, marcava a cintura e mostrava os ombros em um belo tomara que caia. Maria Claudia optou por um véu pirata que, amarrado na lateral do rosto, formava uma flor do mesmo tecido e caíam as longas pontas. Ficou lindo e romântico. Um pequeno buquê de rosas vermelhas para suas mãos. O vestido era estilo sereia, mais curto na frente e longo atrás, imitando uma cauda leve e esvoaçante.

Flores, Amores e Todo o Resto!

A modista queria provar perucas, mas essa versão de noiva falsa não fazia parte de suas convicções. Logo descartaram a hipótese. As damas de honra e madrinhas receberam uma cartela de cores para escolher os vestidos em tons do rosa ao rosê.

Os dias passaram voando, tudo correu conforme o esperado. O tratamento estava dando resposta positiva, a única coisa que ainda causava ansiedade em Maria Claudia e na família era o fato de o cabelo não crescer, mas também estava fazendo acompanhamento médico e tratamento. Aparentemente tudo voltaria ao normal. Desinchou e perdeu peso, estava linda. O cabelo nem fazia falta, se olhava no espelho e gostava do que via.

A paisagem de fim de tarde em frete à rústica capela de pedras estilo enxaimel era mesmo de tirar o fôlego. A natureza exuberante e singular transbordava sua alegria nas folhas esvoaçantes de um lindo pé de ipê amarelo, as flores amarelas formavam um tapete natural misturado ao verde da grama. O azul do céu ao fundo, com nuvens espaçadas formando desenhos no céu, e o rústico das pedras da capela. Uma verdadeira pintura.

O casal, parado ao longe, observava a paisagem e conversava sobre os detalhes.

— Está feliz?

— Muito. Olha isso, Carlos! Tem algo mais belo?

— Não! Ou melhor, tem!

Maria Claudia arregalou os olhos e aguardou a resposta do noivo.

— Hoje, mais bonitos que essa paisagem, estão os seus lindos olhos brilhantes. Você está a cada dia mais linda.

— Pare de besteira. Você não está arrependido? Tem certeza de que não vai se casar comigo por pena? Estou careca e talvez nunca mais tenha cabelos.

Maria Claudia teve um surto de insegurança e metralhou o noivo de perguntas. Nem respirava para falar.

— Calma, amor. Primeiro, não é besteira, você está ainda mais linda. Nunca vou me arrepender, estou cada dia mais apaixonado por você e não foi por seus cabelos que me apaixonei, mas por essa pessoa incrível, forte e guerreira que você é. Preciso de você, e cada vez mais. Agora vamos deixar as inseguranças e melancolias para trás e falar com o padre. Falta só uma semana, senhora minha esposa.

— Meu Deus, verdade. Me perdoe. Por um instante esqueci de tudo.

Puxou-o pela mão e saiu correndo em disparada, feito criança. Largou a mão dele e disse:

— O último a chegar é a mulher do padre.

— Não vale, estou cansado da viagem.

Carlos e Maria Claudia retornaram felizes para casa, pois haviam conversado com o padre, e passaram na pousada, pois o dia foi intenso e cansativo.

A semana passou voando, faltavam dois dias para o casamento quando Maria Claudia teve uma crise séria com baixa em sua imunidade, precisando ser levada às pressas para o hospital. A internação foi inevitável e o casamento adiado.

Capítulo 25

SAINDO DO POÇO!

Gabriela é uma moça centrada e competente, casou-se cedo e passou por um casamento traumático e abusivo. Era muito linda, mas durante esse processo de abuso e ofensas dos mais variados níveis adquiriu uma série de traumas, engordou, perdeu a vontade de viver, adquiriu doenças autoimunes e chegou ao fundo do poço. Abandonou a profissão por algum tempo em um processo depressivo. Com a separação, a ajuda da família e dos amigos, foi se reerguendo devagar e retornou à escola de seu coração.

Sempre foi muito ativa e respeitada por suas ideias, sua liderança e principalmente as iniciativas de trabalho. Parceira e pronta para ajudar, era sempre bem-vista pelos colegas. Retornou, mas não era mais a mesma. Mais calada, machucada, voltou devagar. Lembrava muito aquela música... "ando devagar porque já tive pressa, levo esse sorriso porque já chorei demais". Mas para quem a conhecia de perto, lhe faltava algo, aquela energia, a alegria. Então, a segunda parte da música não encaixava. Ainda lhe faltava fortaleza, a força que estava acostumada a ter.

Na escola, tudo corria dentro da normalidade, mas Gabi contava os minutos para ir embora descansar. E, com um leve sorriso no rosto, abriu a porta do seu pequeno, mas perfeito apartamento, cheio de detalhes. Um sofá confortável, onde a moça se atirou cansada de um dia exaustivo na escola, retirou o tênis, esticou as pernas, pegou o envelope que estava sobre a mesinha e abriu delicadamente. Na estante à sua frente, alguns livros importantes de Biologia que conquistara em sua vida acadêmica. Poucos objetos, mas de muito bom gosto, o mesmo se repetia com os móveis, a mesa da sala em vidro com um elegante trilho, um vaso baixo com plantas verdes e bem cuidadas. Gabriela cultivava o pensamento de que o menos sempre era mais. E, assim, seguia a vida na simplicidade e elegância.

Abriu o envelope e quase caiu para trás, pegou o telefone e ligou.

— Mãe, não vai acreditar! Saiu meu curso. Vou viajar.

— Sério?

— Sim, saiu uma proposta para assessorar um projeto no Pantanal. A bolsa de estudos é muito boa. Não é exatamente o que eu queria, mas já serve para eu mudar de ares.

— Sim, meu bem, é um bom começo.

— Mas por que você diz que não é o que você queria?

— Porque queria um projeto meu, onde tivesse liberdade para trabalhar apenas na produção de minhas pesquisas, e irei para ajudar outra pessoa.

— Entendi.

— Mas estou feliz. Vou sair daqui. Mamãe, vou descansar. Um beijo.

— Deus te abençoe, filha, e me deixe informada.

— Sim. Tchau, mãe.

Os dias passaram rapidamente. A viagem não foi exatamente para onde Gabriela desejava, mas o fato de sair do estado e fazer algo novo a encantava. Estava feliz. Fez as malas, pesquisou o clima e levou apenas o necessário. Prática como sempre. Tinha uma gana pela pesquisa e por fazer a diferença. Gostaria de ter um projeto seu para trabalhar com o melhoramento de genética de algumas espécies de plantas, desenvolvendo assim suas qualidades, ou adicionar características que vão desempenhar uma função benéfica à produção agrícola.

Para o futuro queria fazer um estudo aprofundado para compreender o processo de hereditariedade, especificidades dos cromossomos, genes, DNA e RNA. Foi um importante avanço para a humanidade, pois possibilitou a compreensão da evolução humana.

Mas, como dizia a viagem para o Pantanal, era um grande passo em sua vida e a possibilidade de construir uma nova história, deixando o passado que ainda estava muito recente e com feridas ainda abertas para trás. Tinha momentos em que a moça falava sozinha.

— Essa viagem vai me fazer bem! No Pantanal tem uma variedade grande de campo de pesquisa. Tenho que comprar repelente. É bom fazer uma lista e preciso ir à escola para pedir o afastamento.

Em sua cabeça algumas palavras soltas.

— Ricardo... Não. Meu Deus, eu preciso esquecer esse homem, que assombração.

Continuava perdida e misturando seus pensamentos, ora pensando na lista de coisas que precisa levar na viagem e no ex-marido, momento em que a gata se assustou com a cortina que balançou com o vento, fazendo com que Gabriela levantasse do sofá às pressas para conferir portas e janelas.

— Calma meu bem, vem com a mamãe, está tudo bem.

— Miau, miauuuu!

— Já olhei tudo, estamos seguras. Ninguém entra aqui e ainda temos uma medida protetiva. Quer leitinho?

— Miiiauu!

A gata se enroscou em suas pernas, passando o longo rabo para lá e para cá. Olhou com cara meiga, pedindo colinho.

— Vou sentir sua falta, Blanca, mas você vai ficar bem com a mamãe. Ela sempre quis você. Mas não vá me esquecer, depois você vai voltar para mim, ok? Combinado?

A moça conversava com a gata branca como se fosse outra pessoa, e a gata olhava séria, ouvindo tudo, volta e meia resmungava, miava e se espreguiçava. Brincando e conversando, elas esqueceram os barulhos do vento e as coisas que tinham que fazer adormecendo na cama macia.

Capítulo 26
SIMPLES ASSIM!

Carlos não saía do lado da moça, revezando apenas com os sogros para fazer troca de roupa e coisas desse gênero. Em alguns meses, Maria Claudia se recuperaria e retornaria para casa, reacendendo os planos para o casamento.

Pensavam em aproveitar parte do dinheiro pago de adiantamento para a festa, era suficiente para fazer algo mais simples, mas muito elegante. E para evitar um novo desgaste da moça, a nova cerimônia do casamento seria em alguns meses, em uma chácara de uns amigos, bem próximo da casa da moça. Foi uma cerimônia linda, a tenda montada no meio do lindo pátio verde e as flores silvestres decorando o ambiente com laços de filó entre os bancos, deixando o ambiente leve e iluminado. Noivos, pais e padrinhos estavam lindos e felizes e a festa aconteceu em um local reservado ali mesmo. Tudo de muito bom gosto para poucos convidados padrinhos e familiares.

— Maria Claudia Barreto, você aceita Carlos Henrique Shneider como seu legítimo esposo?

— Aceito.

— Carlos Henrique Shneider, você aceita Maria Claudia Barreto como sua legítima esposa?

— Aceito.

— Eu vos declaro marido e mulher. Pode beijar a noiva.

Arroz, palmas, muita alegria e o buquê de flores. As meninas ficaram amontoadas e Maria Claudia virou-se para jogar as flores.

Patrícia, Andréia e mais umas dez moças estavam emboladas para pegar, os homens estavam mais nos cantos observando. Rodrigo estava próximo de Patrícia, perto de uma floreira, mais à esquerda em um dos lados. Maria Claudia jogou o buquê, que voou sobre as moças e bateu em cima do garoto. Tímido, ele entregou para a namorada.

Patrícia pegou as flores e deu um beijo no garoto com carinho.

— Você pegou para mim? Fale a verdade, fez de propósito?

— Sim, combinei com a noiva, ela mirou e jogou certinho, só estiquei o braço.

— Vocês dois! O que eu faço com vocês?

— Eu não mereço mais uns beijinhos pelo esforço?

— Sim, mas depois conversamos! Trapaceiros.

Com autorização médica e por Maria Claudia estar há algum tempo estável, o casal pôde viajar em lua de mel para Gramado. Foram de carro, pois poderiam parar no caminho e fazer uma viagem mais pausada e tranquila. Estavam felizes, esqueciam o que passaram e queriam viver uma vida nova.

Esticaram a viagem para o Vale dos Vinhedos, no Rio Grande do Sul. O casal transbordava felicidade e o casamento estava fazendo muito bem para Maria Claudia.

A moça passeava pelos vinhedos e participava da pisa das uvas com o marido, momentos eternizados nas fotografias de família.

— Oi, mamãe, como está papai?

— Com saudades, meu bem, aqui do meu lado. Quer tirar o telefone de minha mão.

— Pai, coloca o telefone no viva-voz que converso com os dois.

— Oi, amor! Como você está? Carlos está cuidando de você? — Disse Antônio preocupado.

— Sim, papai, estou muito feliz, você não vai acreditar, hoje participei de uma festa de pisa de uvas.

— Sério?

— Sim.

— Vocês precisavam ter visto eu e Carlos dentro de uma tina pisando nas uvas, além de engraçado é uma sensação inexplicável, os pés amassando, os bagos escorregando, vendo o sugo surgir e o perfume exalando. Pai, é uma experiência única que você e mamãe precisam fazer. Vou encaminhar a filmagem, é demais.

— Mande, filhinha. Estou muito feliz em ver que você está se divertindo. — Disse a mãe.

— Que bom, meu bem. Nós vamos, sim, quem sabe combinamos e vamos todos. — Completou Antônio.

— Boa ideia, papai, esse local é bom vir sempre. É de lavar a alma. Não tem noção. Fiquem bem, papai e mamãe. Temos um passei marcado para agorinha. Amo vocês, deem beijinhos no Tony e na Vitória. Beijos...

A filmagem chegou e eles ficaram comentando os detalhes da alegria da filha.

— Amor, veja isso, olha como nossa Maria está linda. Nunca esteve tão bem.

— Que roupa linda. Como ela vai tirar essas manchas de vinho desse vestido fino e tão claro? Se fosse uma cor mais escura dava para disfarçar. — Disse Helena com ar preocupado.

— Você está preocupada com as manchas? Eu estou feliz em ver as gargalhadas de Maria. Olhe ela e Carlos! Quando imaginamos ver eles assim feito crianças?

— Verdade. Desculpa. Ela está muito bem, né?

— Sim. Isso é o que importa.

— Vou à missa domingo com você para agradecer a saúde e felicidade de nossa filha.

— Que bom, meu amor. Faz tempo que você não me acompanha. Fico feliz.

Ela abraçou o marido e disse:

— Você sabe que te amo.

Um longo beijo apaixonado fechou a cena com o fundo musical italiano do vídeo de Maria pisando as uvas.

Capítulo 27

TERAPIA E BICICLETA

Renata foi à primeira sessão de terapia, chegou ao balcão, preencheu uma ficha e se sentou na sala de espera. Começou a mexer no celular e a chamaram para a sessão. Apareceu um rapaz à porta que se apresentou como o terapeuta e lhe acompanhou à sala, que era no segundo andar. Subiu a apertada escada estilo caracol e chegou à sala. Acomodou-se na poltrona branca, onde ele perguntou se queria que ligasse o ar-condicionado. Ela respondeu que não era necessário, que o clima estava agradável.

Alexandre, o terapeuta, pediu para que ela falasse sua idade, contasse o que a levou ali. E ela começou... Ele fez as anotações da anamnese, ou seja, a entrevista ou questionário para saber mais sobre a vida de Renata.

— Eu sou a Renata, tenho 28 anos, professora, casada há sete anos, não tenho filhos. Faço tratamento com psiquiatra, clínico geral e neurologista. Tomo medicamentos para ansiedade e depressão.

Um silêncio... A moça ficou pensativa. Alexandre resolveu interagir.

— E o que lhe traz aqui hoje?

— Estou angustiada, com um enorme aperto no peito e uma vontade imensa de chorar.

As lágrimas escorreram pelo rosto da moça e prontamente Alexandre lhe alcançou uma caixa de lencinhos e perguntou:

— Por quê? Existe uma causa para esta tristeza? Algo que você lembre?

— Não sei!

— Como é sua relação em casa com o marido?

— Tranquila, falamos pouco.

— E o que você gostaria de fazer? Falar mais?

— Talvez.

— E por que não fala?

— Não quero aborrecê-lo.

— Será que ele vai ficar aborrecido? Você já tentou falar com ele?

— Não, nunca tentei.

— Então. Sempre tem a primeira vez. Você não pode é ficar com as coisas guardadas. Se fosse falasse com ele, o que diria?

— Não sei ao certo, mas queria que ele falasse mais também. Saber o que ele está pensando.

— Renata, você já imaginou que ele pode pensar a mesma coisa e não fala para poupá-la?

— Verdade. Mas isso me causa mais angústia. Eu preciso saber o que ele pensa.

— Sim, mas para isso alguém tem que começar. E agora você já sabe que pode começar.

Mais um silêncio e o psicólogo perguntou:

— E na escola, como é seu ambiente de trabalho? Você gosta de estar lá?

— Meu ambiente de trabalho já foi bom. Na verdade, não me sinto bem lá. Cansei.

— Renata, você cansou de dar aulas ou o lugar não é agradável?

— Não sei, acho que tudo. Não quero mais nada. Tem dias que não quero sair da cama.

— E o que te fez desgostar da escola? Tem algo em especial?

— Sim, as brigas entre professores. Picuinhas entre eles.

— Com relação aos professores, você não sabe lidar com isso?

— Não, não sei e me aborrece.

— E dos alunos você gosta?

— Sim, dos alunos, sim. Gosto deles, mas não tenho mais motivação para ir para a escola.

— Então você precisa se apegar às coisas de que você gosta e ignorar as que te incomodam. Aprender a lidar com as adversidades. Procure evitar a sala dos professores, use algum espaço com flores ou algo de que você goste para arejar sua cabeça nos intervalos. Isso vai te ajudar. Tem algum espaço na escola do qual você goste?

— Tem, sim, tem árvores, jardins e uma biblioteca. Gostei das sugestões. Vou fazer isso.

— Faça, busque lugares alternativos. Você já está fazendo um acompanhamento médico para tratar a depressão?

— Sim.

— E como se sente com os medicamentos?

— Não gosto de tomar remédios, tem hora que tomo, hora que esqueço. Deixo de tomar de propósito.

— Renata, para você melhorar precisa se ajudar e fazer o tratamento à risca. Inclusive relatar ao seu médico que não está tomando o medicamento como deve.

— Sim, sei. Mas ele também me dá umas reações horrorosas.

— Como assim? Que reações?

— Sinto náuseas e pareço estar com Parkinson, fico trêmula, as mãos e a cabeça parecem estar balançando o tempo todo. Sinto sono durante o dia.

— Que medicamentos você toma?

— Amato para enxaqueca, Bromazepam para dormir e a Sertralina para ansiedade. É este último que me deixa assim.

— Então, insisto, primeiro você precisa voltar ao médico e contar sobre a Sertralina, com certeza ele fará os ajustes para melhorar seu bem-estar. Em seguida, tomar corretamente os medicamentos para voltar a ter equilíbrio e só então parar com estes. Dê um passo por vez, tenha paciência, pois essa adaptação é um processo e necessita de tempo.

— Sim, verdade. Vou fazer isso.

— Você faz alguma atividade física ou algum esporte?

— No momento não estou fazendo nada, mas gosto de caminhar, correr e andar de bicicleta.

— Que interessante. Por que não retoma alguma atividade? O que lhe impede?

— Nada. É só desânimo e preguiça. Perdi a vontade de fazer qualquer coisa, até as coisas básicas de casa. Quem faz tudo é o Edgar. Tenho até vergonha de falar. Tem dias que não levanto da cama ou do sofá.

— Então, você precisa começar aos pouquinhos. Caminhadas leves todos os dias. No começo é difícil, mas é necessário. O sol vai lhe ajudar a recompor as vitaminas e a energia que lhe está faltando. Depois vai ser automático. Faça isso, e não deixe de ir ao seu médico. Faça o ajuste dos medicamentos e tome regularmente.

— Vou fazer isso. Obrigada.

— E agora, como está se sentindo?

— Bem melhor. Já estou com algumas ideias para colocar em prática. E mais leve, parece que tirei um peso dos ombros.

— Que bom. Nossa sessão está no fim. Você gostou desse horário? Podemos manter.

— Sim, está ótimo. Obrigado, Alexandre.

— Imagina, só estou fazendo meu trabalho. Até breve.

Renata saiu do consultório cheia de ideias na cabeça. Estava ansiosa para ver Edgar, queria colocar em prática o que aprendeu. Queria conversar, meditar, ver as flores, apreciar o dia. E, também, estava inspirada para voltar a trabalhar, focar nos alunos e esquecer os professores e suas pendengas.

Chegou à casa, pegou a bicicleta e foi ao mercado para comprar umas guloseimas. Comprou flores, pães fresquinhos e gostosuras para preparar o café da tarde. Em voz alta saiu falando pela rua.

— Nossa, havia esquecido como é bom andar de bicicleta, não vou parar mais. Boa tarde! — Cumprimentava as pessoas no caminho. Alegre, continuava a fazer planos para o futuro.

Capítulo 28

UVAS E VINHOS

O tempo passou e o casal foi se adaptando com a vida na vinícola. Maria Claudia, restabelecida e alegre, passou a fazer os cardápios, unindo o sabor ao seu conhecimento nutricional, enquanto Carlos colocava o chapéu e a bombacha, indo para o campo de cultivo acompanhar de perto a produção. Estavam felizes com o trabalho e com o retorno que estavam tendo ao ver o sonho prosperar.

Um enjoo e uma tontura, e um funcionário ligou para Carlos.

— Seu Carlos, a dona Maria não passou bem. Teve um enjoo e tonturas, será algo?

— Estou indo para casa cuidar dela.

Carlos pegou a caminhonete e voou para casa em companhia de um médico da região.

O médico examinou e voltou para a sala sorrindo.

— Está tudo bem com eles.

— Eles?

— Sim! A mocinha está gravida.

Carlos ficou tão feliz que saiu abraçando todos que viu pela frente, começando pelo médico.

E você pensa que parou por aí? Claro que não, caro leitor. O casal aproveitou para ter os filhos em uma sequência... Um, dois, três.

João, Beatriz e Miguel têm, respectivamente, 2, 4 e 6 anos. E Carlos fez a tal vasectomia para parar com a fábrica, pois por Maria Claudia eles formariam um time de vôlei.

— Amor, como você está após essa cirurgia?

— Tranquilo. Já posso voltar à vida normal.

— Que bom! Por mim você não teria feito. Temos condições de criar quantos filhos Deus quiser nos dar.

— Sei disso, amor. Mas assim teremos mais tempo para cuidar e dar melhor qualidade de vida e carinho a cada um deles.

— Pensando por esse ângulo, concordo com você. Uma família com cinco está boa, não?

— Claro, amor!

— Temos os sobrinhos e logo teremos os netos.

— Então foi bom fechar a fábrica.

— Ok. Você venceu, vamos amassar as crianças. Miguel, João, Beatriz, vamos brincar!

— Guerra de travesseiro!

Capítulo 29

CONHECENDO A FAUNA

A convivência com os pantaneiros fez a moça conhecer o ciclo das estações do ano, em que as primeiras chuvas do ano molhavam o solo seco e poroso, deixando o dia lindo e iluminado. Porém, de outubro a abril, iniciavam as chuvas torrenciais, abastecendo os rios da Bacia do Paraguai, ao norte, atraindo inúmeras espécies em busca de água. E a dificuldade do escoamento dessas águas era responsável pelo alagamento da região. Já as áreas mais altas, que não eram alagadas, serviam de refúgio para os animais, locais chamados de ilhas ou cordilheiras pelos pantaneiros. Locais com excelentes biomas para estudos. Foi justamente a época em que a futura doutora ficou presa na área do Pantanal.

— Professora Elisa, eu lhe avisei! — Disse o guia turístico encarregado de ajudar a moça.

— Eu sei, João! Desculpe.

— Teremos que ficar alguns dias aqui nas cabanas. E vou avisando: não é nada confortável. A moça vai encontrar umas redes, café e uma manta. E, se tiver sorte, uma divisão com panos para dormir.

— Sem problemas, tenho tudo de que preciso em minha mochila.

— Ainda está longe, nossa parada fica a umas duas horas de caminhada daqui. Vai escurecer logo, temos que apressar o passo. Vamos chamar os outros e seguir.

Mais dois guias e uma doutora acompanharam a dupla, cinco pessoas ao total. Elisa e Gabriela já estavam acostumadas ao jeito de jagunço dos moços, armados até os dentes.

— Bora, povo. Bora. — Dizia João para apressar o grupo.

A caminhada foi intensa. Chegaram cansados aos casebres. Instalaram as duas moças em um deles. Na pequena varanda, João esticou a rede e disse:

— A dona não se preocupe que qualquer coisa estou aqui na porta.

— Você vai dormir aí?

— Sim, senhora! É melhor.

— Por quê? Tem algum perigo aqui? Pergunta Gabriela, iniciando um diálogo.

— Essa região do Pantanal é frequentada por vários animais que não gostam de visitas, dona. Temos mais de 124 espécies de mamíferos, entre eles a onça-pintada.

Fez-se um silêncio.

— Ela é tão linda. — Disse Gabriela sorrindo, enquanto Elisa se instalava.

— Sim, linda e sorrateira, chega a atingir 1,2 m de comprimento, 0,85 cm de altura, pesa até 150 kg. A senhora não tem chance se ela lhe quiser jantar.

O rapaz, estirado na rede com a velha espingarda no ombro, se balançava com uma das pernas penduradas, despreocupadamente.

— Está brincando, né?

— Estou, sim. Dona Gabriela, as onças-pintadas e os lobos-guarás estão em extinção. Por isso nossa preocupação é arrecadar fundos para trabalhar nas diversas frentes de proteção ambiental.

A moça, apesar de cansada, se sentou no chão perto do degrau para continuar a conversa, que estava interessante.

— Que frentes são essas, você pode me explicar?

— Sim, claro. São na verdade trabalho voluntário que envolve parceiros relacionadas ao turismo ecológico e à ciência. Por meio do conhecimento quem sabe as pessoas comecem a cuidar da natureza e de seus recursos. Estamos esperando que os recursos venham do próprio ecoturismo.

— Interessante. Continue.

— Resumindo, nosso trabalho está relacionado com a reintegração de animais em seus hábitats naturais, para isso a sociedade precisa estar preparada para respeitar a natureza e ajustar suas fontes de sobrevivência, para que não venham apenas depredar o meio ambiente.

— Verdade, só aí você já relatou dois importantes problemas que envolvem homem e animais.

— Sim, a senhora, que mora na cidade, não sabe como é difícil viver aqui. Sem recursos, sem informação e sem auxílio do governo é mais complicado.

— Acredito.

— Tem gente que mata um bicho bonito desse por prazer, só para bater uma foto com amigos e expor a caça.

— Meu Deus!

— Sim, senhora. O homem é pior que o animal. Aqui nosso medo não é da onça-pintada, ela vai passar, olhar para você e correr. Temos coisas piores. Melhor a senhora não saber.

— Suspeito sobre o que você esteja falando, da pesca e caça predatórias de muitas espécies de peixes e do jacaré, que vira sapato.

— Também. Tudo aqui é muito exótico e atrativo. Ainda tem o garimpo de ouro e pedras preciosas, que causam erosão, assoreamento e contaminação das águas dos rios Paraguai e São Lourenço.

A moça, surpresa, perguntou:

— Ouro? Pensei que isso já havia terminado!

— Na cabeça dos homens a ganância não termina nunca. Ainda tem o turismo descontrolado, que produz lixo e esgoto que ameaçam a tranquilidade dos animais.

— Por isso, então, é preciso regularizar e criar regras para o ecoturismo.

— Sim, para deixar de ser terra de ninguém e ser uma atividade nova e centrada em proteger a natureza. Além disso, cria novos empregos e oportunidades. E mantém a pesca artesanal e a sobrevivência dos ribeirinhos.

— Verdade. Seu trabalho é muito importante. Percebi que o ecoturismo já existe, associado a diversas pousadas pantaneiras, que estão praticando essa modalidade de turismo sustentável. Vi casais procurando dona Zita para marcar trilhas ecológicas de observação de pássaros.

— Isso é bom? São novos parceiros para esse trabalho.

Gabriela, mesmo cansada, queria terminar a conversa.

— Me fale sobre a educação. Quais são os planos? Já acontece alguma coisa de interessante?

— Sim, apesar da precariedade, na maioria de nossas escolas temos professores esforçados. Na educação têm surgido importantes projetos de sustentabilidade, de reaproveitamento de alimentos, de cascas, de estudos com animais e já estão fazendo essa ponte com os recursos das florestas.

— Verdade! Fico feliz em saber. É preciso educar os mais jovens e reeducar os mais velhos.

— Estamos tentando atingir todos e todos os campos do conhecimento. A faculdade também é nossa parceira, assim como algumas ONGs de proteção e monitoramento de animais. Já temos onças-pintadas que são acompanhadas por cientistas e monitoradas 24 horas.

— Que bom! Vi algo sobre em um programa de TV, onde monitoram tudo, coleta de sangue e até o retorno ao lar.

— Isso mesmo. Acompanhamento da saúde e progressão para evitar a extinção não só da onça, mas também de muitos outros animais que são abandonados ou encontrados em cativeiro.

— Bom saber que existem pessoas assim como você, comprometidas com o ecossistema. E o projeto, em si, possui um objetivo?

— Sim, além de instruir o máximo de pessoas, incentivar o turismo ecológico como uma forma de arrecadar fundos para manter os projetos de sobrevivência, estudos e reintegração dos animais, conservar a biodiversidade e o desenvolvimento econômico das regiões onde estamos inseridos.

— Nossa, João, quem vê cara não vê coração. Um rapaz de tão pouca idade empenhado em uma obra tão importante. Deus te abençoe. Quer um cobertor? Tem vários lá dentro.

— Agradeço à senhora. Boa noite. É bom descansar, amanhã consigo uma embarcação para seguir viagem.

— Boa noite!

Capítulo 30

DOSE DUPLA

Pedro e a filha, Adriana, começaram o churrasco à beira da piscina. Dona Inês caprichava nos aperitivos e alguns amigos das meninas foram convidados. Adriana aproveitou para convidar as amigas e os namorados.

Sara e Sofia passaram horas conversando, até que Sofia chamou a avó.

— Vovó, tem uns minutos para conversar?

— Claro, filha! O que houve?

— Vó, vou ser breve, conheci um garoto.

— Já sabia. Você tem saído com frequência, toda arrumadinha.

— Sim, vó, já faz seis meses que tenho saído com Rafael, é estudante de Medicina, de uma boa família.

— Mas qual é o problema?

— Eu menti para o garoto e ainda lhe preguei uma peça.

— Como assim, filha?

— Por vergonha mandei a Sara conversar com ele no meu lugar. Dia eu ia, dia ia ela.

— Meu Deus, Sofia, como você pôde fazer isso? Coitadinho do rapaz. Vocês o fizeram de bobo. E ele já sabe? O que fez? Ficou bravo com você?

— Não falei nada ainda, vó. E estou com medo. Não sei como falar sem que ele fique magoado.

— É, minha filha, agora é com você. Precisa primeiro falar a verdade e dar tempo ao tempo. Talvez ele te perdoe.

A menina chorou, abraçou a avó com carinho e saiu apressada.

Foi ao encontro de Rafael. Conforme combinado, ela ia apresentá-lo para a família no dia do seu aniversário.

O garoto estava sentado na pracinha dos Ingleses, próximo da casa da moça, local previamente combinado. Chegando lá, ela estava toda arrumada, linda, mas com olhar triste.

Rafael percebeu que algo estava errado e perguntou:

— Oi, amor, o que houve? Que carinha triste é essa?

— Precisamos conversar. Tenho algo sério para te falar. Algo muito feio que eu fiz! Só te peço que ouça e não me julgue. Antes de falar, quero te dizer que tudo que fiz foi por insegurança, por timidez.

Ele pegou a mão da garota, enxugou suas lágrimas e disse:

— Eu já sei tudo.

— Tudo?

— Sim, no começo pensei que você tivesse algum problema grave, que fosse bipolar. Se fosse isso, eu iria te ajudar. Para conhecê-la melhor e poder ajudar, passei a te seguir com a ajuda de um amigo.

A moça empalideceu, teve um leve tontear e precisou sentar-se. Ele continuou.

— Queria muito te ajudar, até que percebi que você não era uma, e sim duas. Não vou negar que fiquei muito bravo, primeiro pensei em terminar. Depois, comecei a analisar as duas para saber de qual delas eu realmente gostava. Descobri, Sofia, que continuo te amando como da primeira vez que te vi. Tenho carinho por sua irmã, Sara, uma excelente amiga. Mas com certeza você não precisava dessa artimanha para ficar perto de mim. Você é linda, inteligente e acima de tudo a mulher por quem eu me apaixonei. Faço planos para nós.

Sofia abaixou os olhos tristes, pálida e sem palavras. Preferiu deixá-lo desabafar. Começou a respirar aliviada com o discurso de Rafael, que, apesar de um pouco duro, ainda é seu namorado. Não disse nada que pudesse fazer referência a terminar o namoro. Ao contrário, apenas reforçou o quanto gostava dela. E isso foi a acalmando.

— Rafael, você já sabia? Meu Deus, que vergonha!

— Tudo bem! Já passou, mas vamos combinar que você nunca mais vai trocar de lugar com sua irmã. Tá bom? Promete?

— Claro. Prometo.

Com medo de que ele não a perdoasse, ela tremia, mas agora respirava aliviada.

— Vamos conhecer minha família?

— Com prazer. — Pegou a moça pela mão, abraçou-a pela cintura e deu um beijo dizendo: — Minha maluquinha está ficando mais velha.

Com carinho ela correspondeu ao beijo e disse:

— A vovó está nos esperando. Contei tudo para ela. Estava ficando sufocada com a pressão da mentira que inventei.

— Ok. Mas vamos fazer assim: esquecemos aqui esse episódio, que não merece nossa atenção. Hoje começa uma nova fase em nossa história. E, se você quiser, ficaremos juntos por muito tempo.

— Que bom que você me perdoou. Estava com tanto medo de te perder.

— Levei em consideração sua idade, você vai amadurecer e, se Deus quiser, vamos envelhecer juntos.

— Você é realmente muito fofo, tudo que eu quero no momento é ficar com você. Chegamos. Vovó, vovô, este é o Rafael. Tia Adriana e...

— Adriana e Rodrigo são meus amigos, como este mundo é pequeno! — E sussurrando no ouvido da menina ele disse: — Rodrigo foi o cara que me ajudou a te seguir, lembra?

— Oh, mundinho pequeno. Vou acabar virando tio do meu amigo. — Rodrigo respondeu. — Adriana, Rafael é o cara que fazia Medicina na UFSC comigo.

— Sei, é aquele que falta nas nossas festas porque está estudando ou namorando?

— Esse mesmo.

Capítulo 31

OS GRITOS... QUE VIAGEM!

Gabriela levantou da varanda e se recolheu. A bióloga era a principal ajudante da expedição de Elisa, havia feito coletas importantes durante o dia e estava exausta. Após a conversa com João, caiu na cama de palha e adormeceu do jeito que estava.

Enquanto isso, Elisa analisava com detalhes a cabana. Olhou para o canto, viu um aparador de madeira, uma jarra de água, um copo, uma bacia de alumínio e no chão um penico branco de esmalte. A sorte é que tinha lenço de papel na mochila. Riu e pensou "Prevenido vale por dois".

Ao deitar-se, continuou a olhar para o teto, onde viu uma aranha gigante com pernas cabeludas, riu e resmungou:

— Inofensiva, deixa ela.

E adormeceu rapidamente, em meio a seus pensamentos.

Gabriela despertou e resolveu observar a noite. A lua estava linda, branca e com enormes crateras, que dava para ver a olho nu. Jamais tinha observado noite tão bela e o céu acompanhava a beleza da Lua, expondo as estrelas, como se dançassem em sinfonias dos sapos-cururus. Resolveu caminhar sozinha para apreciar a noite e o barulho do silêncio.

Em um instante a ficha do sapo aparece na cabeça de Gabriela: *Rhinella marina* (antigamente chamado de *Bufo marinus*), conhecido como sapo-cururu, sapo-boi ou cururu, é um sapo nativo das Américas Central e do Sul.

Gênero: *Rhinella*

Família: *Bufonidae*

Espécie: *Rhinella marina*

Pensava e resmungava:

Flores, Amores e Todo o Resto!

— Tirando a produção musical dos sapos, temos o barulho do silêncio. Sim, silêncio! Silêncio para mim é quando, em meio à noite, observo os sons que surgem na quietude. Quando estamos na cidade, escutamos o tic-tac do relógio, o estalar de um eletrodoméstico, como a geladeira, o ronco de um carro ou moto que passa na rua. Mas, quando estamos em plena selva, perdidos no meio do mato, olhando para as estrelas, é possível ouvir a própria respiração.

O quebrar das folhas secas do chão onde pisava estralava e ecoava. E a moça continuava a falar sozinha:

— Parece que tem alguém me seguindo! Dá um pouco de receio, será algum animal? Qual deles tem hábito noturno como eu?

A moça calculava e falava sozinha o que tinha feito e o que estava passando em sua cabeça:

— Sou louca, né? Perdi o sono, passei por João na rede, na verdade não perdi apenas o sono, perdi também o medo.

Contornou lentamente a rede e observou o rapaz, de semblante suave. Apesar de a pele ser queimada pelo Sol, era linda, dourada e brilhante. O aspecto de homem rude no corpo ainda jovem e a experiência de conhecer a selva, a mata e os biomas era realmente fascinante.

— Poderia me ajudar com as experiências, nativos conhecem de tudo.

Novamente perdeu o foco dos estudos. Genomas e biomas fugiam entre seus pensamentos flutuantes e passou a olhar de perto a boca com lábios grossos, as sobrancelhas serradas, nariz perfeito, cabelos ondulados e macios e o cheiro. Cheiro de homem cuidado. Que dilema, rude e jeitoso.

A vontade era beijar aqueles lábios enquanto ele dormia. Será que ele acordaria? — Melhor não tentar!

Ficou na vontade e caminhou. Por instantes lembrou do ex, falando sozinha, indignada:

— Ex-marido, doença, minha perdição. Relação doentia e abusiva que me fez esquecer quem eu sou, minha beleza, minha fortaleza, perdi tudo, até o amor-próprio.

A cabeça de Gabriela oscilava em pensamentos, ela brigava consigo mesma.

— Chega! Não quero mais pensar em você. Acabou! Oh, meu Deus, dai-me forças.

Sentiu o corpo esmorecer, teve a sensação de cair, mas tudo parecia no lugar e continuou.

Caminhou por entre as árvores e passou a falar sozinha, talvez para espantar os pensamentos.

— Nossa, acho que alguns animais me observam.

A coruja arregalava os olhos, perguntava séria a julgar "O que fazes aqui, ó mulher?". O jacaré desfilava rumo ao rio, sorrindo ironicamente mostrava toda a sua arcada dentária. Por um instante Gabriela imaginava outros animais passando por suas pernas. Ela olhava discretamente sem movimentar-se, enquanto o elegante tigre arrastava-se em seu corpo, por fim debochava de seu estado de torpor passando o belo rabo longo aveludado próximo a seu rosto como um carinho de despedida. Saindo de mansinho, passo a passo, com extrema elegância. O medo já fazia parte de seu ser, estava paralisada e colada ao chão, como se seus pés estivessem enraizados como a exuberante árvore a sua frente. A essa altura a moça não sabia mais o caminho de retorno à cabana, esquecendo-se até de olhar para a Lua e as estrelas. Um mal-estar instalou-se, impedindo-a de fazer qualquer pedido de socorro.

Um corpo no chão.

— Gabriela! Gabriela, acorda! Dona Gabriela, acorda, por favor!

A moça foi resmungando, deu um grito ao acordar, como se acordasse de um sonho, e perguntou:

— O que aconteceu?

— Não sei! A senhorita desmaiou. Passou por mim na rede. Fiquei preocupado e a segui.

— Sério?

— Sim.

— Fiz algo de errado? Falei algo?

— Não! Aparentemente a senhorita me olhou, cheirou e saiu.

— Cheirei! Meu Deus!

— Calma! Estava dormindo. A moça é sonambula. Por isso não a acordei. É perigoso acordar alguém durante o sono.

— Meu Deus! Que vergonha, João. Me perdoe.

— A senhorita não me deve nada. Sem problemas. Não chore, por favor.

— Não me chame de senhorita, só Gabriela.

— A moça é que sabe, mas pare de chorar.

— Você estava olhando o tempo todo? O que eu fiz dormindo? Que vergonha!

— Não fez nada! Já lhe disse. Olhou para o céu, falou algo que não entendi, parecia estar conversando com alguém. Sorriu com graça e desmaiou. Agora vem cá, vou levá-la ao acampamento, você precisa descansar. Vai amanhecer logo e será um longo dia.

— Verdade. Olha, João, a Lua está muito bonita. — Apontou para o céu mostrando a Lua.

— Sim, é Lua cheia, está bem próxima da Terra. Perfeita.

Capítulo 32

QUEM AMA DEIXA VOAR

— Patrícia, filha, chegou uma carta para você.

— Sério, vovó?

— Sim, coloquei em seu quarto.

A garota correu, pegou a carta na escrivaninha, sentou-se à beira da cama e abriu a carta apressadamente. Após ler o enunciado da agência de modelos, leu a parte em negrito e saiu gritando.

— Vovó!!! Estão me chamando para uma seletiva, gostaram de minhas fotos e querem me ver pessoalmente. Essa agência é séria, tenho boas referências, vou fazer um teste em Floripa e, se passar nesta fase, vão agendar passagens e estadia para o Rio de Janeiro, onde vai ocorrer a seletiva para o trabalho.

— Sério, minha filha? Não é outra daquelas agências que só vão te iludir? Sabe como sua mãe já anda revoltada com essas coisas!

— Sei, sim, e no fundo ela tem razão. Já levamos tantos foras e tanta enganação que o santo quando vê esmola desconfia. Mas para me precaver já fiz uma pesquisa de mercado e sei em quais agências podemos confiar. Na verdade, são poucas, apenas duas ou três que ainda têm nome limpo na praça e que estão levando moças brasileiras para fora do país. Como a Gisele, que é aqui do Sul.

— Mas, querida, você não esqueça que é negra!

— Sei disso, vovó! Mas saiba que as negras estão fazendo bonito lá fora... Eu sei que tenho potencial, falta alguém acreditar em mim. O melhor eu já tenho, que é a minha confiança. Eu confio e acredito que vou vencer. Você vai ver!

Abraçou a avó com carinho e lágrimas correram no rosto lindo da menina.

— Eu também acredito, minha filha, nunca deixei de acreditar. Você vai conseguir. Quando é seu teste?

— Em três dias.

— Marque cabelo e unhas, dê um jeito em tudo. A vó paga, tenho economias.

— Obrigada, vovó.

— E não precisa contar para sua mãe, deixe para falar após passar neste teste. Daí falamos juntas e o desgaste será de uma só vez.

— Verdade. Concordo.

Os três dias passaram voando. A garota foi ao salão, arrumou o cabelo, no estilo mais natural possível e fez as unhas em um tom clarinho. A cor da moda. Colocou uma roupa simples, mas com estilo, pois sabia que o importante era estar apresentável. Tênis limpo e de boa marca, short jeans, camiseta transada e uma jaquetinha por cima. Cabelo arrumado e boa maquiagem, simples e discreta. Chegando à agência, tinha para mais de 300 modelos, começaram os testes por ordem alfabética. Algumas garotas estavam muito exageradas, com salto e maquiagem que cobria a pele. A música tocava e os desfiles aconteciam e aos poucos acontecia a seletiva. Em duas horas a fila de moças foi diminuindo, sobraram 20, e, por fim, a hora de testar os nervos de Patrícia.

O teste tinha algumas etapas, iniciava com um desfile simples, da forma como estava. Depois trocava a roupa para uma escolhida pela equipe de figurino, que incluía um belo salto e um vestido esvoaçante.

Patrícia colocou a roupa, levantou a cabeça, inclinou os ombros, jogou os braços, lançou as longas pernas e na passarela parecia um cisne, flutuava com elegância e charme. Fez um carão que deixou os jurados de queijo caído, as concorrentes também ficaram de boca aberta ao ver tanta beleza. Ela terminou o desfile sendo aplaudida e ficou entre as três escolhidas para a final. Trocaram de roupa e retornaram para fazer um segundo desfile e uma pequena sessão de fotos para ver a fotogenia. Para os leigos, esse teste mostra o desempenho do indivíduo frente à câmera, ou seja, a qualidade atribuída a um indivíduo ou objeto que tende a apresentar uma boa imagem ao ser fotografado, filmado ou televisado. E, nesse momento, Patrícia foi escolhida como a melhor. As outras meninas não foram descartadas, mas ficaram no aguardo para outros trabalhos.

A garota recebeu no momento um contrato para ler e duas passagens de ida e volta com acompanhante para o Rio de Janeiro, onde realizaria um primeiro trabalho experimental e faria uma segunda avaliação para um trabalho um pouco maior.

— No contrato estão questões de cachê, despesas pagas pela empresa e coisas desse gênero. — Reforçou o agenciador. — Você terá pouco menos de uma semana para devolver os documentos assinados aqui mesmo. Belíssimo desfile, você tem futuro. Até breve.

— Até breve, senhor.

Radiante, Patrícia retornou para casa para dar a notícia para a avó e a mãe.

Agora o futuro estava lançado.

Em casa, Patrícia procurou a avó.

— Vovó, adivinha?

A cara da garota entregava a situação. Estava feliz e radiante.

— Já sei, você foi aprovada no desfile.

— Sim, além de aprovada, já trouxe um contrato com dois trabalhos para mamãe assinar. Agora que vem o problema.

— Sim, verdade. Mas, conforme combinamos, vamos falar com ela juntas.

A mãe chegou em casa após um longo dia de serviço. Patrícia e a avó tinham feito a janta e esperavam ansiosas. Logo achou que havia algo errado e perguntou:

— O que houve? Aconteceu algo?

— Sim, mamãe. Hoje fui a uma audição para escolha de modelos para fotografar e desfilar para uma marca famosa de roupas jovens. A loja está expandindo os catálogos e vai colocar centenas de outdoor no país.

— E o que você tem a ver com isso? Já não te falei para ficar longe desses lugares que isso não vai dar certo?

— Calma, Vilma, já deu certo. A menina foi escolhida.

— Há, mamãe? Só falta você também entrar nas ilusões de Patrícia. Quanto ela vai ter que pagar dessa vez? Eu não dou mais nem um centavo para filho da "P" nenhum.

— Já te disse, tenha calma. Dessa vez é diferente. Não teremos que pagar nada. Eles já fizeram as fotos necessárias e ela foi aprovada. Já tem passagens e tudo pago para dois trabalhos no Rio de Janeiro. E eu posso acompanhá-la.

— É verdade isso, mamãe?

— Claro, não ia brincar com uma coisa tão séria.

— Patrícia, traga o contrato, vamos ler tudo bem certinho e com calma. Prestando atenção nas letras pequenininhas.

— Isso, filha, faz o que sua vó falou! Quero ver para crer.

Leram o contrato e, após ver que tudo estava certo, começaram os preparativos para a viagem. Contrato assinado, agora Patrícia precisava comunicar ao namorado.

A mãe ressaltava os conselhos para a filha se cuidar, para manter o respeito e a dignidade.

Antes da viagem para o Rio de Janeiro, a ansiedade tomou conta de Patrícia, que começou a fazer as malas e comprar algumas coisas que faltava.

Ela ligou para Rodrigo, mas já sabia que ele apoiava sua carreira, a preocupação dele era ver a namorada feliz. Estava apaixonado e ia apoiar a moça sempre que necessário, aprendeu que quem ama liberta e deixa voar.

Capítulo 33

NOITE PERFEITA!

Enquanto olhava a Lua, ele percebeu a fragilidade da moça. Como estava mexida com o ocorrido, tentava desconversar com coisas da viagem e da bela noite para que ela se alegrasse. Limpou suas lágrimas com as costas de seus dedos e percebeu sua beleza.

A noite estava perfeita para um romance. Mas João não queria assustar a moça e pensou: "Vamos devagar!".

Sentia-se atraído por toda a fragilidade da moça, sonâmbula, triste com o acontecido, mas ao mesmo tempo tão inteligente e corajosa. Ainda era jovem e estava ali no meio do mato lutando para salvar as espécies ameaçadas, buscando fotografar, pegar amostras, fazer estudos e até conseguir verba para suas viagens. Todo esse conjunto de informações foi somando à ideia de que ela era linda, os cabelos longos, olhos brilhantes e claros, corpo torneado, alta, pele de seda delicada, voz macia e ao mesmo tempo firme.

O rapaz já havia observado tudo durante a viagem e agora, a troca de olhar e a aproximação por conta da ocasião fizeram despertar algo especial. Ao chegar próximos da cabana, houve uma parada, uma última parada para olhar a magnética Lua e os olhos se esbarraram, junto aos lábios, ambos queriam.

Porém, algo na moça o intrigava, havia certo medo em seu olhar. E aquele beijo não conta! Ela estava dormindo. Como pode uma sonâmbula beijar tão bem?

João perdia-se em seus pensamentos.

Para ele foi a sensação do primeiro beijo, o primeiro amor. Ela não recordava e ele não lhe falou nada, apenas a observava com carinho. Poderiam passar ali o resto da noite, mas o dia estava próximo do amanhecer e era importante manter o beijo em segredo até o fim da expedição. Amor e trabalho não eram um bom negócio na região.

O que intrigava Gabriela eram as cenas que não apagava de sua mente: uma coruja, um tigre e um jacaré. Foi sonho ou realidade? Como ia saber? Perguntar para João seria, na sua concepção, assinar um atestado de maluca, estava tendo visões. Além de sonâmbula, ainda era louca. "Nunca, prefiro ficar sem saber".

Amanheceu e as estradas estavam alagadas e intransitáveis, muitas propriedades rurais e povoados em áreas mais baixas estavam isolados e o abastecimento só poderia ser feito por barco ou avião. Se a situação se tornasse crítica, o exército entraria em ação para levar alimentos.

Despediram-se discretamente, apesar do desejo. A timidez também fazia parte do cenário. Restaram poucas horas para descanso, mesmo assim João voltou para a rede, colocou os braços atrás da cabeça, com uma perna pendurada, e adormeceu com a imagem do lindo rosto de Gabriela em sua mente.

Gabriela entrou em silêncio para não acordar Elisa, pegou alguns remédios e tomou, dormindo em seguida.

As horas passaram rapidamente e João bateu afobado na porta das moças.

— Senhoras! Senhoras, acordem!

Gabriela se levantou apressada e perguntou:

— Algum problema, João?

— Não, senhora, só precisamos correr. Consegui uma carona com uma chalana. Depois não sei quando terá outra condução.

A chalana era vista com maior frequência na região, pois é uma pequena embarcação fluvial de fundo chato, lados retos e proa e popa salientes, própria para o transporte de mercadorias. Muitas famílias faziam a encomenda de alimentos básicos que chegavam uma vez por semana.

Por ser miúda, quadrangular, de simples manuseio e fácil manutenção, também era usada para fazer pintura e limpeza da linha-d'água dos navios.

Gabriela encostou-se à beira da chalana para apreciar a viagem, com pensamentos perdidos. O barco percorreu o rio com facilidade, ia deixando a paisagem exuberante nativa para trás. De longe se viam as cabeças dos jacarés espiando discretamente da margem do rio. Do seu leito viram uma enorme sucuri pendurada no tronco da árvore parecia dormir despreocupadamente. Os pássaros pousavam e partiam em revoada e o Sol despertava com raios lindos e compridos que aqueciam todos na embarcação.

As moças, devido ao longo tempo passando juntas no trabalho, já eram amigas e logo Elisa percebeu que Gabriela não estava estranha.

— O que houve? Você está bem?

— Você já me conhece, né?

— Sim. E estou aqui para ajudar. Sabe que pode contar comigo.

— Não sei ainda. Estou confusa com relação aos meus sentimentos.

Encostadas na pequena embarcação, elas conversavam sobre o ocorrido. Gabriela contou toda a história para Elisa, o que pensava ser um sonho e que misturou com a realidade devido aos medicamentos, por isso a confusão em sua cabeça.

Elisa, com toda a sua experiência, começou a dar conselhos à moça.

— Sabe, Gabriela, até hoje me arrependo muito das coisas que não fiz. Por isso estou aqui, abandonei filhas e marido para correr atrás de meus desejos, de coisas que deveria ter feito no passado e deixei de lado. Antes tarde do que nunca.

— Desculpe, ainda não entendi!

— Ok. Você precisa correr riscos. Não pode deixar passar uma boa experiência em sua vida ou pode se arrepender depois, como eu. Em outras palavras, vá lá falar com ele. Diga o que você está sentindo. Tá claro que ele também gosta de você. É só ver como ele te olha e como ele te trata. Venho observando a viagem toda, de certeza ele está apaixonado. Vá lá, você é uma mulher sofrida e merece um amor verdadeiro e ele é um rapaz honesto e de boa família, vai dar certo.

— Tem certeza?

— Sim.

— Eu vou. — Gabriela abraçou a amiga com carinho e foi em direção à outra ponta da chalana.

A moça se encostou próximo de João e puxou conversa.

— Oi. A água está tão bonita!

— Sim, aqui tudo é muito bonito. Se firmar os olhos, vai ver os peixes passarem.

— Verdade. Que lindo. Enorme.

Ele apontou para a margem.

— Olhe aquela encosta, as árvores e a mata que envolvem o rio. A diversidade de verde parece uma aquarela.

— João, você tem um olhar bem afinado com a natureza. Muito interessante.

— Eu nasci em meio a tudo isso, vivo e respiro o verde. Mas mudando de assunto, você conseguiu dormir? Está melhor?

— Sim, adormeci rapidamente. Estava cansada. Quero aproveitar para pedir desculpas. Tomo um medicamento controlado que me faz uns efeitos estranhos. Pesadelo, sonhos, sabe-se lá.

— Entendo, não se preocupe. Mas esse medicamento é para quê?

— Ansiedade, depressão. Mais alguns meses e posso largar, é só um tratamento.

— Não quero ser invasivo. Se não quiser responder, vou entender. Mas o que aconteceu para você chegar a esse estado de precisar de medicamentos?

— Saí de um casamento desastroso e abusivo. Achava que precisava passar por tudo aquilo, que casamento era para a toda a vida e tinha que aguentar. Até que começaram as agressões físicas e psicológicas. Cheguei ao fundo do poço.

— E como você se livrou?

— Na verdade minha família reagiu e me salvou, porque eu já estava depressiva e não reagia.

— Meu Deus, menina. Quem tem coragem de machucar uma pessoa tão linda?

Lágrimas escorriam em seu rosto ao contar parte de sua história, os pensamentos e lembranças dolorosas não lhe faziam bem. Então João percebeu o sofrimento dela e resolveu trocar de assunto.

— Olhe aquelas flores selvagens ali, são espécies raras, algumas nem foram catalogadas ainda.

Gabriela não queria esconder nada de João, o casamento, a depressão, o uso de Fluoxetina e a vinda para o Pantanal para fugir da realidade que lhe fazia mal. Ao desabafar tirava um peso de seus ombros.

Por outro lado, o rapaz já gostava da moça, queria acariciá-la. Limpou suas lágrimas com carinho, chegou perto e baixinho lhe disse:

— Nunca mais ninguém vai machucá-la, vou protegê-la.

Ela olhou em seus olhos e chegou mais perto, o beijo tão esperado por ambos aconteceu.

Gabriela recordou-se do beijo na rede e sentiu os lábios do rapaz.

Ele pensou o mesmo, não estava sonhando. Ao fim do longo beijo, que foi repetido inúmeras vezes com carinho, eles se olharam e riram.

Gabriela perguntou:

— Te beijei de verdade na rede, né? Não foi sonho?

— Beijou e eu adorei. Não consegui mais dormir. Estava acordado pensando na vida quando senti seus lábios macios e gostosos. Permaneci imóvel para não te acordar. Assim que você saiu, te segui.

— Então continua! O que fiz?

— Você falava sozinha coisas que eu quase não entendia. Fiquei calado a observar, uma brisa soprava e você estava parada. Acho que dormia, de repente gritou e desmaiou.

— Tinha algum animal por perto?

— Não, graças a Deus estávamos sós. Não sei o que faria se aparecesse algum, até porque não queria acordá-la. A prioridade era sua segurança.

— Então, tirando o beijo, o resto foi sonho.

— Me conte.

— Outra hora, agora me abrace para curtirmos essa linda viagem.

— Boa ideia.

Enquanto o casal disfrutava da paisagem, Elisa pensava na vida. Para ela, agora talvez fosse uma boa época para pedir uma folga, dar uma pequena pausa nos estudos e assim poder rever a família. Tempo suficiente para as chuvas reduzirem e alguns projetos necessários no Pantanal retornarem à ativa.

Capítulo 34

PESADELO OU REALIDADE?

A noite veio e a moça, cansada, adormeceu. Patrícia, com frio, colocou um cobertor e uma manta. O chalé da família parte era em madeira e parte em tijolos, e o vento nesse dia soprava forte. Acordou na madrugada com a madeira ringindo, mas estava tão escuro que o medo lhe paralisou.

O vento passava pelas frestas da janela e a manta escorregou de cima do cobertor macio. A sensação era de alguém puxando e mais paralisada a garota ficou. Coração acelerado e com medo, encolhida, quase sem respirar, sentiu um peso sobre suas costas e pensou ser a mão de alguém. Não conseguia se mexer, tampouco falar. A mãe e a avó dormiam no andar de baixo, nos quartos que eram mais confortáveis e próximos do banheiro e da cozinha. O quarto de Patrícia era o que tinha a melhor vista para a praia e uma pequena sacada com porta que funcionava como janela, com folhas largas e arejada. Mas a escada em madeira era assustadora, depois de deitar ela não conseguia mais se levantar, mas não contava para ninguém, pois não queria perder a paisagem. Então, era necessário perder o medo.

Amanheceu e Patrícia se levantou cedo, foi ver o estrago que o vento havia feito na casa e nos arredores. Mas antes quis entender o que aconteceu à noite, observou que ao seu lado estava um segundo travesseiro e deduziu que foi o peso deste que se encostou nela ao mexer-se na cama, fazendo pensar ser uma pessoa, e também fez escorregar o edredom que estava no chão. E os fantasmas foram descobertos, ria sozinha ao se olhar no espelho.

Estava fazendo terapia com uma psicóloga indicada por Adriana. A terapeuta era jovem, mas já havia feito muitos cursos, inclusive de hipnose. E para Patrícia era bom conversar com alguém sobre seus medos, que com o tempo pareciam aumentar e estavam atrapalhando sua convivência social e até seu trabalho.

Agora, com a viagem marcada e com o novo trabalho, era necessário superar os medos. Tinha planos para o futuro e sabia que o Rio de Janeiro era apenas o começo de uma bela história.

A psicóloga propôs a Patrícia uma nova terapia associada à psicanálise e à hipnose. Com a hipnose ela faria algumas regressões e voltaria ao passado, tendo a opção de rever seus problemas e agora, com maturidade, poder lidar melhor com as situações. Muitos autores relatam que a hipnose é uma nova abordagem que promove um equilíbrio entre o consciente e o inconsciente, ou seja, aquilo que pensamos e o que acontece quando estamos "no automático".

Em seu subconsciente, o medo de ser agredida novamente aflorava com pequenos gatilhos, como acordar à noite com o vento, o barulho de um gato ou cachorro na rua, tudo despertava o medo. Se precisasse ficar sozinha em casa, trancava todas as portas e janelas. Durante muito tempo não confiava em ninguém, porém tinha uma carência grande e sentia muita falta do pai. Além do amor que sentia por ele e da saudade, acusava-o de deixá-la tão cedo e achava que por isso foi abusada.

Em uma das sessões de hipnose, a moça refez cenas marcantes em sua vida, era um cuidado especial com sua saúde mental.

Patrícia descreveu com detalhes para a psicóloga o que sentia: aquele frio e o medo da noite fizeram a memória do passado voltar feito pavio de pólvora. E a imagem do agressor que apareceu após anos fez tudo despertar. Por um instante a moça se pegou aos prantos e as cenas voltaram em sua mente.

A psicóloga pediu para ela escrever tudo se conseguisse.

Patrícia escreveu e depois faz questão de ler para sua tutora.

— Me solte, me solte, por favor!

— Cale a boca.

— Tape a boca dela, cara. Se ela gritar mais, o povo vai escutar.

— Socorro! Soc...

— Coisinha mais linda, fica quietinha que eu não vou te machucar.

— Vamos, cara, deixe-a aí.

— Tem certeza de que ela não vai falar nada?

— Tenho. Pode deixar. Ela vai ser bem boazinha. Se não, a gente mata a vovozinha. Entendeu, meu bem?

Flores, Amores e Todo o Resto!

A menina, chorando, com as mãos amarradas e com um pano na boca, só balançou a cabeça em sinal de positivo. Só tinha 11 anos e conheceu a maldade de perto. Não podia contar para ninguém, os rapazes eram vizinhos e tinham fama de violentos, a mãe já tinha pedido para ela tomar cuidado. Mas colocaram a vó no meio, então era melhor ficar calada, quem ia acreditar em uma menina?

A terapeuta interagiu dizendo:

— Calma, Patrícia, já passou. Você superou. Está tudo bem e você precisa esquecer o passado. Se libertar.

— Como esquecer o passado quando ele aparece à minha frente com aquela cara de descarado? Entendo! Eu cresci, não sou mais criança, preciso estar preparada para lidar com essa situação. Vou ter que enfrentar e mostrar que não tenho mais medo e que ele é que precisa sumir novamente!

— Vamos analisar a situação. Primeiro você precisa se convencer de que já passou. Hoje você tem outra consciência e condições. Tem amigos e instruções. Está protegida e amparada.

— Devo contar para Rodrigo? Ele sabe alguma coisa, mas os detalhes sórdidos guardei para mim.

— Se deseja contar ao seu namorado, eu também acho importante. Será mais uma pessoa a conhecer e que pode te oferecer palavras de conforto e segurança. E o mais importante é você se libertar do passado, por isso é passado. Agora viva o presente e construa seu futuro com prosperidade, alegrias e positivismo. Você está bem?

— Sim, estou. Parece que tirei um peso enorme de meus ombros. Bem mais leve e aliviada. Obrigada.

— Até a próxima semana.

— Até. Boa semana.

Enquanto caminhava, agora decidida a contar tudo com detalhes ao namorado, parecia perder o medo. A cabeça foi destravando e aparecendo cenas que havia esquecido. Na verdade, era doloroso recordar, então Patrícia preferia esquecer. Mas não dá para esconder o passado para sempre e as cenas voltavam nitidamente com todos os detalhes.

Patrícia correu para casa, pegou caneta e papel e resolveu anotar tudo para transmitir para a psicóloga com a maior profundidade de detalhes que fosse possível, acreditava que fosse reflexo da hipnoterapia e que estava tudo muito nítido com a veracidade do ocorrido.

A semana passou rapidamente e chegou a data da sessão.

— Como vai, Patrícia? Está bem? Sua semana foi produtiva?

— Muito, Clarisse. Quando saí desta sala na semana passada minha cabeça estava a mil.

— Como assim? Você passou mal?

— Não! O passado surgiu em minha mente com detalhes. E eu resolvi colocar tudo no papel para não esquecer nenhum detalhe. — Trêmula, a moça abriu a bolsa e pegou o papel, perguntando: — Posso ler para você?

— Claro, faça isso.

— Ele me olhava, os olhos negros do garoto pareciam assustados, fazia a maldade como se fosse obrigado. E em alguns momentos sussurrava em meu ouvido "Me perdoe, eles vão me matar". Lágrimas escorriam em seus olhos, ele não parecia nem estar feliz, tampouco ter prazer com aquela cena. Lembro ainda dos outros ao nosso redor, como em uma rinha de galos, rindo, agitados, curtindo o momento de dor e sofrimento que parecia ser de ambos, do agressor e de minha pessoa ali, sendo humilhada e agredida, com atos e palavras. Posso continuar?

— Claro!

— Hoje, observando a cena de cima, em câmera lenta, lembro os rostos, os nomes, as risadas e os deboches. Cada palavra. "Anda, seu fracote, não consegue dar conta de uma menina? Sua bichinha!". E o garoto, com a voz trêmula, pedia: "Deixe-a ir agora". "Está feito! Você fica. Pensa que acabou? Agora é sua vez, seu panaca". Enquanto eu corria, ouvi os gritos de dor e de pavor do garoto, mas estava com ódio, com dor, e sem raciocinar nada fiz. Pensei só em fugir daquele lugar e esquecer aquela cena, aqueles rostos e tudo que vi e ouvi. Principalmente a dor que sentia no corpo, nojo e dor na alma. Corri para o banheiro e fiquei horas sentada no piso, chorando. Quando reuni forças para me levantar, peguei uma esponja dessas de louça e tentei arrancar o couro. Rasguei minha pele, fiz marcas profundas que pensei que nunca mais fossem sair.

A terapeuta levantava a cabeça, ouvia calada e anotava em seu caderno, fazia o mesmo ritual várias vezes.

— Quer continuar, Patrícia?

— Sim. E agora é que percebi que nós dois fomos vítimas e que consegui me salvar, mas meu medo não deixou que eu salvasse o garoto. E sabe Deus o que ele passou. Percebo que ele cuidou o máximo que pôde de mim, mas com certeza os outros caras não tiveram pena dele.

— Muito interessante a sua reflexão. Você percebeu que está analisando a situação e se colocando no lugar do outro. Isso é um grande avanço em seu tratamento.

— Sim, consigo ver isso também. Meu progresso com relação aos meus sentimentos. Mas, meu Deus, não consigo compreender por que ele me procura.

— Talvez queira falar algo. Imagine que tudo isso que você descobriu hoje ele queira te falar.

— Verdade. Ele tem um trauma maior que o meu! Espero que tenha superado.

— Resolva isso, Patrícia, e você ficará muito melhor.

— Sim, só de conversar com você já estou muito melhor. Já tenho novos objetivos traçados. Até terça.

— Até. Boa semana.

No caminho para casa, Patrícia continuou pensando em tudo e passou pela cabeça um misto de emoções, tristeza, alegria, alívio...

E pensou "Vou contar para o Rodrigo e pedir conselhos. Dois vão pensar melhor que um. Agora, mocinha, limpe essas lágrimas e fique linda. Bora lá! Vou ligar para ele".

— Rodrigo, amor! Consegue vir me encontrar?

— Claro, Pat. Algum problema?

— Não, nada sério! Apenas preciso conversar pessoalmente. Quero uns conselhos.

— Ok. Já estou perto. Beijo.

Enquanto aguardava o namorado, Patrícia adormeceu em sua cama. No breve sonho, a palavra "vítima" martelava em sua cabeça. Tinha algo a decifrar. Caminhava por um campo verde bonito que terminava em uma estrada de chão e lá tinha uma placa com setas para todas as direções com a mesma palavra: "Vítima". Retornou em direção às flores, margaridas, um campo florido e muito bonito, resolveu caminhar entre elas e bem no meio encontrou um espantalho sem boca, que na mão tinha a placa "Vítima". Correu em retirada, voltou ao campo e quando estava chegando ao fim da linda paisagem encontrou Thiago, com poucas palavras ele disse:

— Fui vítima também. Me perdoe.

Patrícia deu um pulo na cama e um grito de terror, parecia ter visto um fantasma. E os olhos negros de Thiago não saíam de sua mente.

Ainda da rua, Rodrigo ouviu os gritos e subiu as escadas correndo.

— O que houve, meu amor?

— Um sonho!

Ela se abraçou a Rodrigo e começou dizendo:

— Eu deveria ter denunciado, procurado ajuda. Eu não fiz nada, fui egoísta! E agora é tarde demais.

— Não. Nunca é tarde para fazer a coisa certa. Só se acalme, descanse e depois me conte tudo com detalhes. Quer uma água? Encoste-se aqui e descanse.

A moça adormeceu por mais uns minutos e quando acordou contou toda a sua saga com detalhes para seu namorado. Ele sabia de partes, mas não da forma como ela compreendeu a situação nesse momento.

Rodrigo sugeriu que os dois procurassem Thiago para resolver de vez a situação.

— Você sabe onde ele mora, amor?

— Sim, mas faz tempo que não passo por aquele lado. Você vai comigo?

— Claro, amor.

Patrícia achou uma excelente ideia procurar o antigo endereço do rapaz.

Em alguns dias o casal foi procurar Thiago, que atendeu o portão receoso.

Patrícia tratou de acalmá-lo dizendo:

— Me desculpe, só hoje percebi o que realmente aconteceu e sinto muito.

Os rapazes permaneceram calados enquanto ela falava. Estava afônica e chorosa, precisava desabafar.

— Fui ingênua, me sentia ofendida, frustrada, covarde, odiando tudo e todos e esqueci, ou melhor, fiz questão de apagar de minha memória detalhes que me faziam sofrer. E nem por um instante pensei em você e em nossa amizade. Crescemos juntos, eu via as ofensas e perseguições. Eu sabia de sua opção sexual. E mesmo assim te deixei e por isso me sentia tão magoada, porque lá no fundo sabia que tinha que ter feito algo, gritar, chamar socorro e nada fiz. Me perdoe! Descobri há pouco tempo, por meio de terapia, que você me protegeu mesmo durante aquele absurdo. Ficou muito claro em minha mente.

Tanto Thiago quanto Patrícia choravam feito crianças. Rodrigo apenas observava, pois sabia que o desabafo, o choro e até os xingamentos que saíssem faziam parte da cura, necessária naquele momento de libertação de traumas. Ele já havia percebido que ambos foram vítimas de preconceito, machismo, racismo e homofobia. Fora a pedofilia, se no grupo que acometeu o abuso nas crianças havia maiores de idade.

Houve uma quebra no silêncio com um suspiro profundo. Thiago resolveu falar após sentir que Patrícia havia desabafado. A moça chorava copiosamente e nesse momento era amparada pelo namorado, que permanecia em silêncio, respeitando o momento.

— Esperei três anos por esse encontro. Você tirou um enorme peso de meus ombros. Agora sabe o quanto sofri e continuei a sofrer por não poder te consolar e te pedir perdão. Dizer que não fui culpado e que não queria seu mal. Patrícia, você sempre me entendeu, sabia dos meus segredos, era minha única amiga. Passou! Graças a Deus você está bem. E hoje descobriu que fomos inocentes. Isso me causa um alívio imenso, posso dizer que eu voltei à vida.

— Deus, Thiago, não sabia que você estava tão mal.

— Fiquei sim, muito. Mas fui socorrido por minha família e sustentado pela fé. Na verdade, minha avó me amparou e protegeu. Quis morrer inúmeras vezes. Mas hoje consegui superar e agora, com você aqui, sei que posso ser feliz. Espero o mesmo para você, que supere os traumas e, se ainda tiver alguma mágoa, perdoe. Me perdoa?

— Com certeza, também estou feliz em saber que você está superando. Dê meu abraço a dona Cora e diga que voltaremos para um café. Não quero mais perder seu contato, você foi e será sempre meu melhor amigo. Posso te dar um abraço?

— Espero por você há muitos anos. Obrigado.

Os garotos agora puderam se apresentar com respeito e Rodrigo se mostrou compreensivo e aberto à nova amizade. Chegaram a falar do futuro e da carreira de Patrícia. Thiago contou que cursava Teatro e Artes Cênicas e estava tentando carreira de ator. Sentaram-se na calçada e passaram horas colocando a conversa em dia. As lágrimas de tristeza viraram refúgio de saudade e um pedaço dos seus corações começavam a se iluminar com a alegria das velhas risadas.

Já em casa, trocaram de assunto e passaram a falar da viajem. Ela contou todos os planos e os trabalhos que já estavam agendados. Rodrigo se mostrou feliz por toda a evolução da namorada e contou de sua troca de faculdade. Ambos estavam muito felizes com o desfecho da conversa.

Continuaram fazendo planos para morar em São Paulo ou no Rio de Janeiro, onde a carreira de Patrícia decolasse. Riam gostosamente e Patrícia acrescentou:

— Quem diria que algum dia eu iria sair de Floripa. Já fui chamada para alguns trabalhos no Rio de Janeiro, em setembro tenho um desfile em Porto Alegre e outros pequenos desfiles aqui em Floripa. Tenho também um catálogo de roupas e uma campanha de roupas de praia.

— Que bom!

— E você, amor, como está sua questão com seu pai?

— Resolvido. Já consegui trocar de curso. Optei por Fisioterapia.

— Que lindo, amor. É uma profissão muito importante. Você vai poder ajudar muitas pessoas em condições difíceis. Recuperar movimentos, atuar no tratamento e prevenção de doenças e lesões.

— Sim e não é só isso, vou me especializar em lesões decorrentes de fraturas ou má-formação, também vícios de postura. E, para o futuro, abrir uma clínica de fisioterapia especializada em várias deficiências e com muitos parceiros.

— Que interessante, eu li em uma revista que a fisioterapia tem como aliados técnicas como massagens e exercícios que restauram a capacidade física e funcional dos pacientes.

— Exatamente, por isso penso nas parcerias com alguns colegas.

Após a conversa descontraída, Rodrigo passou a analisar a namorada, que já estava recuperada da conversa e das emoções do dia. Ela parecia uma nova mulher, radiante de felicidade, firme em seus pensamentos e decisões. Estava iluminada, com uma alegria que ele jamais percebera.

Capítulo 35

O CAFÉ E A LUA

Edgar chegou à sua casa e estranhou, estava tudo arrumado e a mesa posta para o café. A melhor louça disposta cuidadosamente com todos os detalhes. O café cheirava e o pão era novinho, goiabada, queijo e manteiga, algumas frutas enfeitavam a mesa. E logo apareceu Renata, arrumada e linda. Cabelos soltos, cacheados, com um sorriso largo dizendo:

— O café está na mesa, amor.

Edgar sorriu e sentou-se ainda em choque, não soube o que dizer, apenas continuou a apreciar a mulher que lhe serviu uma xicara de café.

— Como foi sua terapia?

— Muito boa.

— Que bom, fico feliz. Você está linda!

— Obrigada, amor. Gostou do café?

— Muito, ainda estou surpreso. Você fez tudo isso sozinha?

— Sim, fiz.

— Que lindo, Renata. Amei!

Edgar se debruçou sobre a mesa e beijou a esposa com carinho, que correspondeu.

— O dia está lindo. Quer caminhar comigo?

— Claro. Vou só trocar de roupa. Você já está pronta?

— Sim, te aguardo.

Enquanto Edgar se arrumava, Renata guardou o café, arrumou a louça na pia e deixou a cozinha em ordem. Fez tudo rapidinho.

O marido ficou boquiaberto com o esmero da esposa. E um pouco preocupado também para que ela não fosse com muita sede ao pote. Ou seja, não gastasse toda a sua energia em um dia e tivesse uma recaída.

Precisava saber como agir. No momento sabia que precisava manter a calma e ajudar Renata em tudo o que fosse preciso.

— Vamos, meu bem.

— Vamos.

Iniciaram a caminhada pela calçada. Chegando à praia, se sentaram em uma pedra para conversar.

— Então me conte tudo, agora com detalhes.

— Tem certeza de que você quer saber?

— Claro, amor! Estamos juntos nessa.

— Está certo.

Renata contou ao marido todos os detalhes da conversa, sobre tomarem sol, caminhar, andar de bicicleta e principalmente falarem tudo que estiverem pensando. Falou sobre a escola e as novas táticas de trabalho, como iria fugir dos conflitos imediatos para evitar transtornos nesse momento de adaptação. Quando comentou os medicamentos, a avaliação com o médico e seus sintomas com a medicação, Edgar ficou espantado.

— Amor, por que nunca falou? Poderíamos já ter resolvido isso.

— Sim, verdade. Tive medo.

— Ok. Não tem problema, vamos ligar e agendar agora mesmo.

Ali, sentados na praia, fizeram o agendamento e conseguiram um encaixe para o dia seguinte.

— Que bom, graças a Deus. Conseguimos. Você vai comigo?

— Vou, sim.

O casal conversou por muito tempo, coisa que não faziam há anos. E perceberam que era bom ouvir e ser ouvido, que falar era mais fácil do que imaginavam. Assim como falar não ofende, o que ofende é o jeito de falar, o tom da voz e as palavras.

— O psicólogo me explicou que posso e devo falar e que guardar sentimentos e palavras nos causa angústia. Podemos resolver nossas diferenças com palavras, sem gritos, sem ofensas, apenas palavras. É importante pensar antes de falar e nunca falar com a cabeça quente.

— Amor, Adriana disse quase a mesma coisa, que é importante saber ouvir. E pediu para fazermos programas juntos, caminhadas, passeios e principalmente voltar a ter uma vida social.

— A Adriana tem razão, eu já estava sentindo falta de você e dos amigos. Preciso desse calor, do aconchego dos seus braços e da amizade de nossos amigos. Agora vamos planejar o futuro, vou retornar a trabalhar.

— Que bom, amor!

— Descobri que sou mais forte do que imaginava, tive um sonho inspirador. E sou dura na queda.

— Concordo! Tem planos para o fim de semana?

A moça, baixinho, cochichou em seu ouvido:

— Sim! Mas esses só vou te contar em casa, na cama.

— Amor, o que você está aprontando? Essa é a minha Renata.

— Vamos!!!

Edgar e Renata estavam encontrando o caminho para a felicidade, se recuperando dos traumas, sabiam que tudo ia ficar bem, mas que teria que ser devagar, um passo por vez, uma suave caminhada que precisava ser feita com dedicação por ambos. Sabiam a receita da prosperidade e da cura para a melancolia e depressão, tinham o amor, o carinho, o respeito e a cumplicidade de anos vividos lado a lado. Superavam perdas e ganhavam experiências e o tempo tornava o casal forte e apaixonado.

De mãos dadas e trocando beijinhos caminharam pela praia com os calçados na mão. Os pés brincavam na areia e volta e meia corriam feito crianças. O Sol se punha, escondia-se por trás das águas no fim do horizonte e os raios esbarravam no mar em tom alaranjado, formando uma bela pintura. Já a Lua aparecia faceira, Lua cheia branca com leves manchas acinzentadas desenhando o céu, iluminando a bela noite do casal.

Capítulo 36

FÉRIAS E FLORES

O telefone tocou e a mãe avisou:

— Pelo horário é Elisa, deixe que eu atendo, podem ir se servindo.

— Alô! Elisa, filha, como você vai?

— Estou bem, mamãe. Preciso ser breve, só para avisar que vou daqui a três dias para casa, chego por volta das 19 horas. Ok?

— Vou pedir para seu pai ir pegá-la no aeroporto.

— Que bom! Beijo, mãe.

— Deus te abençoe, filha.

Adriana foi correndo e perguntou:

— Aconteceu algo de errado, mãe?

Dona Inês ainda estava com o telefone na mão, a filha nunca fora tão rápida, será que algo havia acontecido? Por que estaria retornando para casa? Estava doente? A cabeça da mulher não parava de pensar.

— Mãe, por favor, o que houve?

— Sua irmã chega daqui a três dias e pediu para seu pai pegá-la no aeroporto às 19 horas. Não explicou nada, apenas disse que precisava ser breve.

— Ah! É isso! Não se preocupe, mãe, até já sei do que se trata.

— Então me diga. Não vê que estou uma pilha?

— Temos uma semana de férias, eu também tenho. Ela deve estar com saudades das crianças.

— Mas o que explica a pressa e não me dar detalhes?

— Ela precisa se preparar para viajar, minha irmã é uma quase uma doutora, tem responsabilidades.

170

O pai interrompeu a conversa acelerada de mãe e filha e disse:

— É verdade, Elisa tem responsabilidades, primeiro os compromissos e depois a diversão. Em breve ela estará em casa. Podemos jantar agora?

— Claro.

Meses antes desse dia, Elisa havia procurado a mãe para contar o que se passava em casa e a decisão de viajar. Agora a filha voltava ao lar. E como um filme a cena voltava à cabeça de dona Inês.

Os três dias passaram voando e a notícia da chegada de Elisa já estava na boca do povo. Churrasco marcado e tudo preparado para recebe-la com carinho, inclusive com algumas surpresas.

Passagem marcada e novamente estava dentro do avião. Passou a mão na janela e observou a paisagem. O dia estava incrível, as nuvens desenhavam flores no céu, a moça ria sozinha e por vezes falava em voz alta.

— São flores? Sara diria que são unicórnios.

O avião pousou, ela desceu, pegou a bagagem de mão e uma pequena maleta de bagagem. Andou pelo corredor esperando ver todos acenando alegremente. Olhou para os lados e nada. Nenhuma plaquinha, nenhum grito, nenhum vexame. Nem papai estava lá.

Pensou em pegar o telefone e ligar para casa. Abriu a bolsa e fechou falando sozinha.

— Melhor não!

Passou a andar mais apressadamente para tomar um táxi. Tinha pressa de ver a família. Foi quando ouviu uma voz que lhe aqueceu o coração.

— Elisa.

Ela olhou para trás e lá estava Evandro. Magro e elegante, bem-vestido e lindo. Seu coração acelerou e os olhos brilharam intensamente. A bolsa de mão caiu no chão e ela entrou em choque. Ele se aproximou, com o coração tão acelerado quanto o dela, as mãos suando como da primeira vez. Olhou para ela e disse:

— Meu amor, você demorou.

A moça não respondeu, apenas deu um largo sorriso. Ele se aproximou, passou a mão em sua cintura e a pegou nos braços. Os olhos se encontraram, ela não resistiu e beijaram-se ardentemente.

Nesse momento o casal percebeu que o amor não acabou. Elisa e Evandro se amavam como antigamente.

Ele pegou sua mala e os dois saíram felizes e abraçados, conversando sobre a viagem, as filhas, a família, a surpresa. Era como se Elisa quisesse saber de tudo que perdera da família em poucos instantes.

E outros beijos interromperam a conversa.

Chegou a hora do jantar, conversaram muito, riram, contaram tudo sobre todos.

Elisa e Evandro se olhavam e gostariam que o jantar terminasse, queriam ficar a sós. Ela pegava as adolescentes, apertava, beijava, espremia.

As meninas diziam:

— Mãe, não somos mais crianças.

— Não importa. Estou matando a saudade. Mas tá bom, por hoje chega, amanhã curtimos a piscina, um cinema. O que acham?

— Ótimo. Boa noite, mamãe.

— Boa noite, mamãe.

— Papai, tchau.

Combinaram de retornar no dia seguinte após ela descansar. Volta ao lar.

Mais de oito meses se passaram, Evandro mudou e Elisa também. Estavam curiosos com os novos sentimentos, havia mais que atração, amor, queriam estar perto novamente e isso era muito bom.

Se houve pessoas nesse intervalo que ficaram separados não se sabia, mas também não era interessante perguntar nada no momento. Sabiam que era uma fase da vida que precisava ser assim, para que estragar esse reencontro?

Na cabeça de Evandro, ela estava ainda mais linda, elegante, sorridente, parecia realizada. Se houvesse encontrado alguém, teria levado para apresentar à família e não seria tão receptiva na chegada.

A moça saiu do banho ainda mais linda. Vestia uma camisola nova, apesar de longa, mantinha uma elegante fenda lateral, mostrando as pernas e curvas perfeitas, o azul claro sempre foi a cor predileta, valorizava o azul de seus olhos e o tom de sua pele, que apesar de rosada estava bem bronzeada. O Sol do sertão lhe fazia bem. Perdera o jeito de bonequinha e voltara uma mulher elegante e centrada. Cabelos escovados balançavam em um ritmo perfeito, flutuava pela sala.

Evandro já havia usado o banheiro social, estava com pijama curto de cetim azul marinho, pareciam combinar. Elegante, levemente grisalho, tinha um charme especial. Deitou-se e aguardou a esposa na cama.

Elisa avistou Evandro, que estava com braços e pernas torneadas, o conjunto da obra era gostoso de ver. Deixava qualquer ator de cinema no chinelo. Após os muitos pensamentos e alguns cochichos, a luz do quarto se apagou e as coisas aconteceram como deveriam ser.

No dia seguinte, Elisa acordou, suspirou e perguntou:

— Amor, bom dia! Dormiu bem?

— Muito. E você?

— Bem! Só um pouco curiosa.

— Com o quê?

— Voltou a ter 20 anos?

— Não! Por quê?

— Sua energia! Esse tempo longe te fez tão bem.

— A você também. Está ótima. Renovada.

Riam gostosamente e começaram a se beijar, esticando a manhã na cama.

Foram cinco dias de intenso devaneio, juntos e com a família riam, brincavam, namoravam. Mas, como tudo que é bom dura pouco, chegou a hora da partida.

— Amor, você vai sentir saudades?

— Muitas.

— A viagem está marcada, retorno em dois dias.

— Já?!

— Sim, estiquei o máximo que podia. E a pesquisa não pode parar.

— Você não tem férias?

— Poucas, na verdade preciso deixar tudo em dia, pois tem material que se deixar muito tempo parado estraga.

— Apodrece, perde a validade?

— Sim, também. Pode perder as propriedades.

— São pesquisas importantes que preciso catalogar. Tudo tem que ser registrado cientificamente.

— Teve evoluções?

— Sim, com certeza, o bioma pantaneiro é um campo inesgotável de informações.

— Parece que você está muito feliz!

— Sim, apesar da saudade que sinto de você, das meninas e de nossa casa.

— Pensei que você não ia se adaptar!

A moça respirou fundo, passou a mão nos cabelos, ficou um instante pensativa e respondeu:

— Não foi fácil. Também pensei que não conseguiria. Mas me afundei nos estudos e tudo se encaminhou. Senti muito sua falta!

— Eu também senti muito sua falta.

— Sério? Então me responde uma coisa.

— Claro.

— O que estava acontecendo com a gente? Ninguém se amava mais?

Antes que Evandro formulasse uma resposta, ela mesma respondeu:

— Naquela época você estava desanimado, mal me procurava. E agora você está cheio de amor, de saudades, precisou eu ir embora para você me enxergar?

— Não, calma! Você faz muitas perguntas, amor! Devagar, minha galega. Já te conto tudo.

— Depois que você partiu, fui procurar um médico. Um não, um monte.

— Sério?

— Sim! Fiz exames. Entrei em um estado de depressão, baixa autoestima, queda de hormônios e aí vai ladeira abaixo.

— Quê? Você entrou na andropausa, a "menopausa masculina" e não me falou nada?

— Exato. Fiquei com vergonha de falar, medo de te perder.

— Me perder! Amor, poderíamos resolver facilmente, até com a mudança na alimentação. Eu mesma poderia preparar um cardápio para você.

— Na minha cabeça você, toda linda, bonequinha, e eu velho e frouxo.

— Meu Deus, amor! Como você pôde pensar isso de mim? Pior, de você?

— Esqueceu o quanto eu te amo?!! Pior que percebi sua mudança de humor! Também sou culpada. Faltou conversar mais.

— Eu sei. Tornei as coisas mais difíceis e te perdi.

— Não, não perdeu! Estou aqui. Foi só uma pausa.

— Sim, mas nos afastou e vamos ficar longe ainda por muito tempo.

— Pode até ser, mas agora vou feliz sabendo que minha família ainda existe. E que você ainda me ama! Não me trocou por outra.

— Outra? Como você pode pensar isso?

— Ia pensar o quê, amor? Alguma coisa estava acontecendo. Se você não fala, eu penso qualquer bobagem.

— É a hora da verdade! Então por que foi embora?

Outra vez Elisa respirou fundo, engoliu seco, pois sabia que a conversa ainda ia mexer muito com ela. Não dava para fugir mais. Realmente o marido tinha razão, era a hora da verdade, de escancarar, colocar os pingos nos "is". Se tiver algo a ser resolvido, deve ser agora.

— Você pode estranhar o que vou te falar, mas eu precisava me salvar, estava morrendo. Estava triste sem saber como te ajudar e querendo mais de nossa relação. Queria mais de mim mesma. Cansada, infeliz por ter deixado meus planos para trás. As coisas foram acontecendo muito rápido, a faculdade, o casamento, as gêmeas, o trabalho, a vida, a rotina. Me apeguei a uma rotina que não sentia mais prazer. E, por momentos, me viam sem família, por quem larguei tudo.

Lágrimas correram no rosto de Elisa, era como se voltasse ao passado, estivesse se olhando de cima, percebendo tudo o que fez e deixou de fazer. Evandro também sentiu um grande aperto no peito ao ouvir suas palavras, pegou carinhosamente nas mãos da esposa, olhou profundamente em seus olhos e disse:

— Amor, me perdoe!

— Evandro, querido! Consegue me perdoar também? — Antes que ele respondesse qualquer coisa, ela completou. — E entenda, preciso terminar o que comecei.

— Sim! Quanto tempo falta?

— Quase três anos.

— Nossa! É muito tempo. Vamos dar um jeito.

Capítulo 37

RECOMEÇO COM VITÓRIA!

Ainda na chalana, Gabriela e João conversaram sobre a madrugada, algo estava mal resolvido.

Na pousada, Gabriela, em sua folga, conseguiu encontrar João, que ficou feliz em ver a garota fora do trabalho e das obrigações. Ela estava diferente, cabelos soltos alinhados, com vestido de mulher alinhado, parecia moça. Há tempos que ele via as doutoras, como são chamadas as biólogas estudantes de doutorado da Universidade, com aqueles uniformes ou com calças e botas de trilha para andar no mato. Nunca tinha visto uma tão linda. Era linda, talvez a mais linda da região. E logo o rapaz começou a pensar o que uma moça fina e estudada viu num tosco da região. Tratou logo de perguntar.

— A moça está linda, ainda quer sair comigo? Não está arrependida?

— Não fale besteira, João, desde aquela noite penso em você todos os dias. Se tem algo que não me arrependo foi de ter te conhecido, rapaz gentil, sincero, cavalheiro e além de tudo é lindo. Você me conquistou, não percebeu ainda, não?

— Ufa, que alívio. Pensei que você estava nervosa e ficou comigo por isso.

— Nunca, já havia gostado de você desde o primeiro momento em que te vi. E com os dias caminhando, conversando mais, ia te conhecendo e fui gostando do que vi e senti.

— Que bom, saiba que é recíproco.

Saíram para passear, namorar. O doutorado da moça terminou na data que marcaram o noivado.

Ele colocava o chapéu preto e a bombacha, ela a roupa de montaria, e pelos campos saíam a galopar. Enquanto Gabriela trabalhava em novas pesquisas na Universidade, João completava seus estudos de Agronomia. E tudo corria como tinha que ser.

O casamento já estava marcado quando descobriram a gravidez de Vitória, então foi necessário avisar aos pais e apressar o casamento, incluindo a igreja, para evitar a exposição da moça, pois barriga seria um vexame para a família do noivo, que eram tradicionais e donos de fazenda.

Interessante é que João era simples e nunca havia falado de seu passado, tampouco que seus pais tinham fazendas de gado no Pantanal. Talvez porque, na verdade, isso não agradava o moço, que queria ganhar a vida por conta própria, por isso estava longe da família, dos bens e das obrigações, motivo que causava um desconforto ao pai.

Agora, com a chegada da netinha, que iria receber o nome do avô, talvez acalmassem os ânimos da família. A ideia do nome partiu de Gabriela, que pensou em unir o útil ao agradável. Vitória representaria toda a sua conquista nos estudos, na vida, na formação de sua família, no encontrar João e também seria a homenagem ao pai do marido, senhor Vitório. Todos ficaram muito felizes com a chegada de Vitória.

O casamento na fazenda reuniu a cidade inteira. No interior é assim, festa na roça é para lá de bom. Teve sanfona e arrasta-pé até o amanhecer. E o melhor de tudo: pai e filho estavam em paz.

Os noivos foram carregados pelo jardim enquanto o povo gritava "Viva os noivos e viva a Vitória!". Gabriela estava feliz e as sombras do passado estavam longe, assim como as feridas, que estavam aparentemente cicatrizadas. Havia superado traumas profundos e estava muito mais forte e tranquila com as terapias e com o novo amor.

Partiram direto para a viagem de lua de mel.

No caminho para Gramado, visitaram as cidades de Canela e Nova Petrópolis. João e Gabriela estavam encantados com a beleza do lugar. Hotéis, águas termais, igrejas maravilhosas, espetáculos na rua, a comida, as flores e todo o resto.

As fotos eternizaram os momentos incríveis, mas as memórias eram compartilhadas nos detalhes, nas risadas, nos abraços e beijos apaixonados.

— É hora de retornar, nossa última noite aqui.

— Verdade. Esqueci da vida! — Disse Gabi.

— Agora vamos ao Lago dos Cisnes e mais tarde a um espetáculo de águas com tenores.

— Que bom! Estou pronta, vamos?

— Sim, linda esposa.

Um sussurro no ouvido de Gabriela a fez chorar ainda mais:

— Conheci o amor com você. Sou o homem mais feliz do mundo.

Em meio ao clima de romance, as velas se apagaram e os corações se aqueceram. Corpos se uniram como se fossem um só. Gabriela puxou João em seus braços e corresponde ao seu carinho com um longo beijo apaixonado.

A garota percebeu que tudo passou e entregara-se ao amor. O passado não existia mais, havia saído do poço e agarrou-se a um porto seguro, o amor.

Capítulo 38

A MUDANÇA

— Amor, preciso sair, mas volto logo. Não faça planos para o almoço, vamos sair. Já volto.

— Vai trabalhar hoje? Não pegou dispensa para ficar comigo?

— Já retorno, confia. Beijo.

Evandro pegou as chaves e saiu apressado. Foi ao escritório, onde já havia marcado uma reunião de emergência com os sócios, Ítalo e Fernando.

Ítalo, o mais experiente do grupo, confiava cegamente nas decisões de Evandro. Tudo que o escritório havia conquistado se devia ao empenho de Evandro, que desde jovem e ainda como estagiário conquistou importantes causas, fez o nome a empresa, com tino comercial, fez grandes associações e propostas que deixaram todos em situação muito confortável. Fernando, apesar de competente, era muito racional e sem faro para negócios, preferia a quantidade à qualidade. Mesmo assim, respeitava e admirava o potencial do colega, pois alavancava a empresa e era bom para todos.

Logo, assim que Evandro adiantou seus planos ao grupo, discutiram em particular, investigaram as possibilidades de lucro e até as chances de prejuízo. Fernando fez toda a pesquisa de mercado e Ítalo ligou para todos os contatos conhecidos para sentir a situação. E era chegada a hora da conversa.

— Bom dia, doutor Evandro, caiu da cama? — Perguntou o porteiro do prédio.

— Bom dia. Está cedo mesmo!

— Veio cedo, doutor. — Questionou a secretária.

— Tenho pressa para resolver uma questão! Eles chegaram?

— Sim, senhor. Estão na sala de reunião. Aceita um café?

— Sim. Obrigada. Sem açúcar.

— Bom dia, Ítalo, Fernando, senhores, senhoras.

— Bom dia, Evandro.

— Desculpem a hora, por isso vou direto ao assunto. Peço aprovação do conselho para abrir uma filial em Mato Grosso do Sul, na área pantaneira.

Para justificar a representação das empresas no Mato Grosso, Cuiabá, na região pantaneira, Evandro fez uma pesquisa econômica da região.

— As principais cidades de acesso histórico e que passam pela transpantaneira, onde todo comércio é escoado, começam por Poconé, Cárceres e Barão de Melgaço. Na Serra da Bodoquena, a 200 metros de altitude, fica a maior produção de gado Nelore, cerca de 40.000 cabeças, parte é transportada ao Pantanal, por estradas de terra que circundam a montanha. E ali ainda são feitos manejos tradicionais, só para terem ideia da proporção do nosso feito. — Comentou Evandro na explanação.

— Ítalo e Fernando, minhas pesquisas levam a crer que o Pantanal tem um excelente campo de trabalho. Por ser produtor de gado bovino, de corte e exportação, faz excelentes contratos de compra e venda e outras transações comerciais e bancárias que necessitam de assessoria jurídica, tudo passa pela transpantaneira, ali é território de passagem.

— Sim. — Disse Fernando. — Também fiz um levantamento e na região não existe nenhum grande escritório que preste serviço de rescisão contratual ou acordos de funcionários e demais demandas. A região tem um fluxo intenso de peões, fazendeiros e coureiros, além disso, criam cavalos, que é um dos principais meios de transporte.

— Obrigado, amigo. Também vamos ter disputas de terras e problemas ambientais. Percebi em meus estudos que a região pantaneira está em desequilíbrio ecológico provocado pela pecuária extensiva, pelo desmatamento para produção de carvão com destruição da vegetação nativa.

Ítalo resolveu interagir:

— Imagine quanto perrengue deve haver judicialmente. Podemos abarcar uma fatia do mercado que deve estar sendo feita por garotos recém-formados ou advogados de porta de cadeia. Abrindo uma filial, podemos dar emprego e instrução a muitos advogados da própria região.

— Sim. Foi o que pensei. Por um tempo eu fico à frente dos negócios até ter um a nosso nível para encabeçar. O que acham?

Flores, Amores e Todo o Resto!

Houve um pequeno silêncio.

— Eu concordo. — Disse Fernando.

— Eu adorei a ideia, faz tempo que penso em expandir nossos negócios, faltava era alguém de peito para fazer essa proposta. — Disse Ítalo.

E o conselho aplaudiu o resultado da reunião.

— Vai contar para gente qual a motivação desta empreitada?

— Com certeza, Ítalo. Como vocês sabem, Elisa faz doutorado no Pantanal. Tem mais três longos anos pela frente, tempo suficiente para compor escritórios em Mato Grosso do Sul e atender toda a região pantaneira. Vamos para lá agora, depois ganhamos outros mercados.

— Muito bom, Evandro, confio plenamente em você e aqui Fernando me dará todo o suporte. Caso tenha algo grave, podemos fazer videoconferência ou você vem de avião.

— Nossa, Ítalo! Você me deixa emocionado com seu apoio. Você e Fernando são como meus irmãos. Parceiros em quem confio plenamente.

— É recíproco, cara. Não ia aceitar se não confiasse no seu potencial. E, com as informações que você deu, realmente percebemos ser um campo de muito bom retorno financeiro.

— Fernando já foi pescar no Pantanal, não foi?

— Fui, sim. Podemos até combinar de pescarmos juntos no período em que o Evandro estiver por lá.

— Claro!

— Cara, boa sorte! Não deixa os jacarés te comerem. — Falou sorrindo.

— Pode deixar.

— E é para quando essa viagem?

— Para ontem, vou viajar esta semana e pesquisar locação. Já tenho as cidades em mente, mas quero pé no chão, vou fincar minhas galochas onde sentir que terei mais condição de transitar livremente no mercado, conforme todo o nosso planejamento. Vou buscar parceiros locais de confiança, assim, quando partir em retorno, temos um bom investimento local.

— Muito bem, em terreno estranho temos que ir com cautela.

— Com certeza, doutor.

— E a esposa?

— Ainda não sabe, será surpresa. Não vamos ficar exatamente juntos, mas a distância será bem menor.

— Concordo, e você voltará a ser o garoto feliz que conheci. Dá um abraço, garoto. — Ítalo com a voz embargada disse: — Sabe que tenho você e Fernando como filhos.

— Sei sim, senhor, e é recíproco. Devo muito a vocês e não vou decepcionar.

Após algumas despedidas, conversas e detalhes, a secretária lhe acena que estava tudo conforme o combinado.

Mais duas ou três ligações e Evandro retornou para casa. Os dias passaram voando e chegou a hora de voltar para o Pantanal. Evandro não quis ir ao aeroporto, alegou não se sentir bem com despedidas. Deixou essa missão para os pais de Elisa. Ela estava arrumada elegantemente e muito bonita na despedida, trocaram um beijo demorado, mas ele não lhe fez juras de amor e isso chateou a moça. Esperava mais do marido amoroso, que saiu apresado porque tinha negócios a resolver.

Algo estranho acontecia, ele também estava muito bonito e um pouco agitado, deveria ser algo realmente muito importante ou grave. E agora uma dúvida pairava na cabeça da moça. Mais uma vez ia partir deixando algo por terminar, uma incógnita. Mas não tinha mais nada a fazer, não poderia perder o voo que o próprio marido prestativo marcou.

No aeroporto, despediu-se dos pais, das filhas e da irmã com o namorado.

Abraçou todos, deixando a irmã caçula por último, dando-lhe um abraço caloroso e um conselho no pé do ouvido.

—Adriana, sabe o quanto te amo, te apoio em tudo, siga em frente, tome as rédeas de sua vida, você é muito mais forte do que pensa. Vai dar tudo certo.

— Eu sei, tenho certeza. Também te amo muito. Você também ainda vai ser muito feliz.

—Já sou.

— Isso, Elisa! Assim que se fala. Você é um exemplo de fortaleza. Pisa firme nesse sonho que é só seu. Te amo!

"Última chamada para o voo 397 SC – Cuiabá/Mato Grosso".

— Eita, lasqueira! Lá vai a nossa pantaneira para o aeroporto de Marechal Rondon. Corre, mana, vai perder o avião.

— Beijo, mãe, pai, meninas... Amo vocês.

Flores, Amores e Todo o Resto!

Elisa entrou no avião e caminhou até a poltrona reservada. Apressada, pediu licença para ocupar a janela, alguém já estava sentado, com chapéu na cabeça, parecia dormir. Ela conferiu a poltrona e estava certa, a janela era sua, logo deu uma cutucadinha e disse:

— Moço, a poltrona da janela é minha. A sua é esta ao lado.

Ela pensou "É hoje que vou me incomodar com um grosso do mato". Mas ele levantou o chapéu e deu uma olhada, ela só faltou cair sentada, empalideceu, o coração acelerou e ela chorou.

Com um matinho no canto da boca e um sotaque caipira, só para fazer charme, ele pergunta:

— A senhora faz questão da janela?

— Seu bobo, você veio.

— Oxi! Nunca mais separo de ocê.

Riram gostosamente. Ela adorou a brincadeira, o sotaque de peão, a bota e o chapéu. Ele estava mais lindo que nunca. Parecia mais jovem, divertido, suspirava de alegria ao lado do marido.

Ele perguntou, dando as rédeas a ela:

— Vamos para onde agora?

— Chegando ao aeroporto alugamos um carro até Cáceres.

— Cáceres... É lá sua pousada?

— Sim. Cidade pequena, mas bem movimentada. De lá consigo ir de barco para o Rio Paraguai, observo animais silvestres e ninhos de pássaros pelas margens.

— Dizem que o pôr do sol é maravilhoso e reflete nas águas até o fim do dia. Você vai me dar esse prazer?

— Com certeza, moço. A cidade oferece um programa de pesca com grandes atrativos ao ecoturismo. Vou tirar um tempinho entre um estudo e outro para te mostrar.

— E afinal o que você pretende? Abandonou o emprego? Vai passar alguns dias ou veio para ficar?

— Menina curiosa! Não perde a mania de me encher de perguntas. Vamos uma por vez. Primeiro não posso mais ficar longe de você, ou tão longe. Vou trabalhar por aqui. Abrir uma filial e tocar com parceiros que possam se manter quando formos embora. Assim, junto o útil ao agradável. Vou trabalhar e me manter por perto.

— Tem algum local em vista?

— Sim fiz análise de alguns mercados, mas isso não vem ao caso agora. No momento quero te curtir. Me dê uns dias sem falar em meu trabalho e prometo não atrapalhar. Só me deixe estar por perto e nas horas vagas namoramos. Feito? Sem perguntas. Sem cobranças.

— Feito! Amei essa versão moderna de marido.

— Eu nunca deixei de te amar, minha bióloga. Agora devo chamar de doutora Elisa?

Rindo, com muitos planos para o futuro bem próximo, encostaram-se às poltronas do avião e descansaram, de mãos dadas, como enamorados.

Capítulo 39

QUE PRESSA!

Mais de três anos de namoro e o casal estava cada vez mais apaixonado. Sofia estava prestes a fazer 19 anos. Eram jovens, mas sabiam o que queriam, tinham sonhos e compartilhavam das mesmas ideias. Queriam um casamento simples na praia, parecido com o da sua mãe.

E neste tempo moderno, em pleno século XXI, não era muito natural encontrar dois jovens com mais de 18 anos ainda virgens. Mas Sofia era extremamente tímida e Rafael foi seu primeiro namorado. Ele passou anos estudando, empenhado em passar no vestibular e manter a faculdade de Medicina. Até conhecer a enigmática Sofia e, com ela, o amor.

Nos últimos anos, com o convívio, a relação foi esquentando. Sentia atração, calor, suor, tremor nas pernas e estava difícil segurar a atração física.

Sofia e Sara já haviam feito consultas com o ginecologista da família e iniciavam o anticoncepcional para fazer adaptação. As meninas foram separadas pela faculdade. Enquanto Sofia cursava Direito, Sara foi fazer Design de moda e não tinham mais tempo juntas.

Quanto ao amor de Sofia e Rafael, ambos queriam, mas queriam se casar e fazer todo o ritual que combinaram por anos. Mas pelo andar da carruagem estava cada vez mais difícil esperar pelo casamento.

Rafael chegou à casa da moça e ela estava só, foram para a sala, ligaram a TV e se deitaram no imenso sofá.

Era automático, pareciam ter imã. Começaram a se beijar, o corpo foi se encostando, enroscando, pernas entrelaçando. Um calor tomava conta dos corpos suados que sentiam uma energia maravilhosa, uma atração irresistível. A mão de Rafael subia e descia pelo corpo macio de Sofia, a pele branca, movimentos suaves e beijos ardentes. Mas algo em sua cabeça não lhe deixava confortável, corpo e mente estava em desequilíbrio e ele se levantou rapidamente.

Sofia também não estava bem, estava perdida entre seus desejos e emoções. Sentiu-se aliviada quando Rafael se levantou-se sem falar. Ela se sentou no sofá, colocou as mãos entre os cabelos e ficou pensativa, tomada por uma tristeza.

Rafael, sem dizer qualquer palavra, entrou no banheiro e lavou o rosto abundantemente. A água fria mistura-se a suas lágrimas, que escorriam incontidas. Ele a desejava e era difícil resistir à beleza da moça e ao êxtase que estava sentindo.

De longe ele ouviu a voz de Sofia.

— Rafael, amor! Você está bem?

— Sim, amor. Já conversamos.

— Claro.

Aguardou em silêncio e, quando ele voltou, ela já estava arrumada, roupas, cabelos e tudo em seu devido lugar. Para descontrair e melhorar o clima, ela sorriu e disse:

— Fizemos uma bagunça.

Sem nenhuma reação de Rafael, ela perguntou:

— O que houve, amor? Fiz algo errado?

— Não! Claro que não! Só precisamos apressar nosso casamento. Não quero dessa forma! Não foi o que sonhei para nós. Quero ter recordações maravilhosas de carinho, respeito, amor, de momentos especiais para ambos. Você merece mais. Nós merecemos, esperamos até aqui, não vamos estragar agora!

— Eu te entendo! Não quero nada feito por impulso, às pressas ou porque estamos com tesão. Também penso assim, te quero muito. Sonho com um lugar lindo, romântico, só nós, sem medo, receios e livre de qualquer preconceito. E Rafa, amor, podem até me chamar de careta, mas sempre sonhei me casar de forma simples e virgem.

— Eu sei, amor. Eu concordo. Sou louco por você e não vai ser dessa forma. Por isso temos que evitar essas situações que nos colocam em risco. Sem falar que nos machuca também, sofremos com a frustração.

Antes que ela pudesse reagir com qualquer palavra, ele continuou:

Flores, Amores e Todo o Resto!

— Sofia, amor, o que me preocupa no momento é que ainda não tenho condições de comprar algo decente para morarmos. Não tenho certeza se consigo te sustentar. Como vou constituir uma família sem ter as mínimas condições de conforto?

— Amor, podemos morar com meus avós, você já viu o tamanho desta casa. Eles ofereceram, você sabe. Vão ficar felizes com a nossa companhia por algum tempo. Além disso, é um campo neutro, não é a casa de seus pais nem dos meus.

— Ok. Porém, quero ouvir a proposta deles. Então vamos fazer assim: vamos juntos falar com eles e avisar que queremos apressar o casamento e vamos procurar um local pequeno para alugar, para ver qual a reação deles. Certo?

— Sim. Excelente ideia. Já sabemos a resposta, mas é bem melhor ouvir deles juntos. Eles não vão deixar a gente sair daqui. Conheço bem meus avós.

— Certo, agora é só passarmos na igreja para preparar os proclames. Na verdade, trocar as datas e apressar. Meu Deus, como estou feliz!

— Eu também. Só quero estar com você.

Encostaram-se ao sofá e Rafael acariciava os cabelos de Sofia enquanto planejavam o futuro.

Alguns dias depois...

Rafael e Sofia resolveram se casar e era necessário conversar com os avós. Começaram devagar, contando as novidades de quererem se casar, do porquê de se casarem cedo e logo veio à pergunta:

— Sofia, você está grávida?

— Não, vovô, pelo contrário. Já namoramos há muito tempo e tá difícil segurar a situação, precisamos nos casar logo.

— Vocês ainda não...?

— Não. O senhor quer saber se já dormimos juntos? A resposta é não. Somos virgens e estamos com muita vontade de estar juntos. Por isso a pressa, vovô.

— Entendo, sei como são difíceis as questões do desejo e da carne. Então vamos ajudar a apressar este casamento.

— Querida, não precisa mais entrar em detalhes. Estou muito feliz por vocês, é a maior alegria que vocês poderiam dar à nossa família, que orgulho. E como querem o casamento?

— Senhor, os proclames já estão correndo, a data está marcada, queremos uma cerimônia simples na praia ou em uma chácara ao ar livre, poucos convidados.

— Pensaram na lua de mel?

— Não, vovô. Vamos economizar para alugar algo para morarmos.

— Uma coisa por vez. Primeiro vocês vão passar a lua de mel em Gramado, já vou reservar para vocês aproveitarem o Natal Luz e as outras atrações desse período. Pode ser? Será nosso presente.

— Perfeito, vovô. O local é lindo.

— E passamos para o aluguel! Gostaria que vocês ficassem aqui em casa até que comprem algo, a casa é grande, tem vários quartos e suítes, piscina e outras dependências que podem ser usadas. Se vocês saírem agora ficará um vazio imenso nesta casa. Fiquem por um tempo.

Rafael ouviu tudo com atenção e respondeu:

— Senhor, mas não vamos atrapalhar a rotina do seu lar?

— Meu filho, você já frequenta esta casa há três anos. Tem algo aqui que você não conheça ainda?

— Não, senhor.

— Então. Será uma alegria ter você em nossa família, e assim não vou perder uma neta, mas sim ganhar um neto. Fiquem pelo tempo que desejarem.

— Se é assim, agradecemos. O que você acha, Sofia?

— Vou adorar ficar aqui com você, vovô.

— Se Sofia está feliz, eu também estou. Obrigado, senhor.

Capítulo 40

O VAZIO DO APÊ

Adriana mudou-se para o apartamento novo, estava muito feliz, mas ainda faltava algo, sentia um vazio no peito e não sabia exatamente o que era. Os móveis estavam perfeitos, a decoração ficou linda e o namorado ajudou a escolher. Era tudo o que ela sonhou para sua vida. Estava sozinha, livre e independente, por que não estava feliz? Passou a pensar em Léo e percebeu que sentia sua falta mais do que desejava, estava apaixonada.

Quando estava com ele estava feliz e quando ele ia embora parecia faltar-lhe um pedaço. Aos poucos a moça foi percebendo que o que lhe faltava era um companheiro, o apartamento era grande para ela viver sozinha e por onde passava via o seu sorriso, suas piadas e brincadeiras. Leonardo fazia parte de sua vida, já era parte de sua história e era recíproco.

A garota não dormiu aquela noite, leu um livro até a madrugada, ligou para a mãe logo ao amanhecer e pediu a sua opinião. Disse que não pensava em casamento, mas pensava seriamente em chamar Léo para morar com ela, ele já trabalhava e estava prestes a se formar, seria um excelente cardiologista.

— Olá, meu bem.

— Bom dia, mamãe. Estou precisando conversar.

— É urgente?

— Não, mas estou querendo tomar uma decisão importante e preciso de sua opinião e de papai também.

— Vem almoçar aqui. Conversaremos com calma.

— Ok. Beijos, mamãe.

Adriana contou seus planos para os pais, que a princípio acharam que ela deveria se casar, mas depois concordaram com o desfecho, pois sabiam que a moça sempre andou à frente de sua época.

Para Pedro e Inês só restava dar todo o apoio e carinho de que a filha precisava no momento, a decisão estava tomada e o casamento era mera conveniência que poderia acontecer mais tarde, quando eles resolvessem assim fazê-lo.

— Vá tranquila, querida, e com nossa benção.

— Agradeço, pai, mãe, agora só falta falar com o Léo. Amo vocês!

Saiu feita criança, correndo aos pulos, voltou para o apartamento e foi preparar tudo para falar com Leonardo. Nunca havia estado tão nervosa, sua voz estava tensa e trêmula.

Ligou para ele e disse:

— Léo, amor, tem um tempinho hoje?

— Oi, amor. Tenho, sim.

— Te aguardo no apê. Beijos.

Leonardo ficou inquieto, achando que a moça foi muito fria ao telefone, a voz estava trêmula, parecia nervosa e desligou muito rápido. Mil coisas passaram pela cabeça do rapaz, enquanto se dirigia ao encontro de Adriana pensava "Será que ela vai terminar? O que aconteceu, meu Deus?".

Chegando ao apartamento, ela esperava com café e bolinhos. Abriu a porta correndo e estava realmente muito tensa. Deu um beijo de raspão e lhe pediu para se sentar. Ambos estavam nervosos. Ela porque queria fazer o convite e não sabia qual seria a resposta, e ele por pensar que seria descartado como roupa velha.

— Então, o que houve? Já estou nervoso!

— Sério?

— Sim. Aconteceu alguma coisa?

— Aconteceu. Hoje percebi que este apartamento é grande demais para viver aqui sozinha e estou sentindo falta de companhia.

Antes que ele falasse qualquer coisa, ela colocou o dedo indicador em seus lábios como sinal de silêncio, para que ele não falasse nada ainda. E continuou:

— Comecei a olhar para as paredes e ver você, suas risadas, escutar suas piadas e sentir sua falta, quero você aqui comigo, preciso de você, não consigo viver mais sem você... Estou terrivelmente apaixonada. Pronto, falei.

— Ufa! É isso. Entendi direito? Você está me chamando para morar com você?

— Morar, não. Viver! Meu esposo.

— Gostei disso. Estava apavorado achando que me chamou aqui para terminar comigo.

— Bobinho, isso nunca! Te adoro!

— Mas e se casar? Você não quer?

— Até quero, mas acho que não precisamos de um casamento às pressas. Podemos começar nossas vidas juntos e com o tempo decidir como fazer, se vamos nos casar e quando. O que você acha?

— Perfeito. Eu também te amo muito e estar ao seu lado me faz feliz, o resto conquistamos com o tempo.

Aliviados com o desenrolar da conversa. ele pegou a moça no colo e a leva para o quarto, onde as coisas acontecem com naturalidade. Soltou seu corpo levemente na cama e foi a despindo devagar, eles se ajudaram, cada um tirando uma peça com carinho. Botões sendo abertos delicadamente e as peças de roupas sendo espalhadas pelo quarto, beijos delicados e as mãos passeando pelos corpos suados que se amavam com vigor. Carinhos apaixonados marcaram a primeira noite do casal no apê, que antes parecia vazio e agora estava cheio de amor.

Seis anos passaram voando e chegou a formatura do doutor Leonardo, o mais novo cardiologista da região. Orgulho da família e da esposa Adriana. Apesar de não se casarem, até então tinham um casamento sólido e invejável.

Para orgulho de Leonardo e Adriana, as filhas, Sol e Lua, de 5 e 3 anos respectivamente, cresciam lindas e com traços de ambas as famílias. Sol esbanjava a cor da pele dourada como a do pai e os olhos claros como a mãe, cabelos negros longos e cacheados, uma beleza sem par. Lua trazia olhos negros, cabelos lisos e claros e, apesar da cor da pele ser menos dourada, suas expressões faciais eram a cópia do pai.

Adriana estava realizada como terapeuta, tinha um companheiro apaixonado, filhas maravilhosas e um lar cheio de alegria. Acreditava que a vida podia ser vivida com simplicidade e um dia por vez, com toda a intensidade, amor e respeito. Valores que aprendeu com a família e com os amigos e que estava disposta a transmitir a suas pequenas.

Capítulo 41

EM CIMA DO MURO. ACEITA?

O tempo foi passando e no parque de Coqueiros as crianças brincavam enquanto os pais conversavam à sombra de um belo arbusto. A toalha floral no chão marcava o espaço do piquenique e as guloseimas atraíam as pequenas formigas carregadeiras que passavam correndo.

— João, sossegue! Coma direito, meu filho. — Dizia Maria Claudia irritada.

— Deixe a criança brincar, Maria, relaxe. Pena que Patrícia e Rodrigo não conseguiram retornar. Você sabe por onde eles andam agora? Pergunta Adriana.

— Na última ligação ela estava em Milão, na Itália.

— Ah, sim, é a capital da moda e eles têm apartamento lá.

— Acredito que em mais uns dois anos ela se aposente e volte para o Brasil.

— Verdade, Adriana, pois a carreira de modelo geralmente é curta. Mas vale a pena.

— Sim, com certeza, Patrícia nos deixou saudades, mas realizou seu sonho.

— Falando em sonho, você viu as fotos que Patrícia enviou do seu casamento em Veneza?

— Adorei a parte da gôndola, dizem que só existem quatro embarcações típicas oficiais destas no mundo e uma está aqui em Nova Veneza, doada pela Província de Veneza a seus descendentes que aqui vieram morar. E realmente, as fotos e filmagens ficaram maravilhosas com todo aquele clima romântico e bem retrô. A cara da Pat.

— E Maria, me conte, como você sabe tanto de história, da Itália, Veneza e suas relíquias?

— Ora, você esquece que sou casada com um exímio pesquisador de vinhos? Os italianos são os preferidos de Carlos e as viagens para a Itália e aos vinhedos são frequentes.

— Por um instante me esqueci de Carlos e do quanto ele aprecia os vinhos. É apaixonado de verdade.

— Sim, e é muito talentoso. Desde o primeiro dia me encantei por sua conversa, por suas histórias e por sua paixão pelo trabalho.

— Maria, mas o que percebemos é que Carlos mantém o mesmo olhar de dez anos atrás. Veja, ele te procura entre a multidão e o brilho de seus olhos é o mesmo do menino apaixonado pela nossa amiga de infância.

— Você acha?

— Sim, e fico muito feliz por vocês.

— Quem diria, somos amigas de uma vida inteira.

— Verdade, e quer saber? Posso ter mudado por fora, vem a experiência que só nos fortalece, aprendemos com o sofrimento, apreciamos coisas pequenas. E falo por mim, continuo a mesma Adriana apaixonada e brincalhona, que pode até perder a forma, mas não perde a piada e tampouco a amizade.

— É mesmo, concordo com você. Eu também, mesmo envelhecendo por fora, aqui dentro tem um "core" que bate plenamente, pulsando por amor incondicional. Eu te amo, amiga. Podemos até perder a beleza física, mas ninguém pode nos tirar a essência.

— Não podemos reclamar, acho que nós ainda estamos em bom estado de conservação.

Riram juntas.

— Sim, igual ao nosso vinho, quanto mais idade, melhor fica.

— Falando em vinho, precisamos retornar à vinícola, as três vezes que passamos férias lá foram as melhores de minha vida. Você e Carlos sempre nos surpreendem! Quem sabe da próxima vez eu e Léo nos casamos lá.

— Será o maior prazer. Já imaginou a pequena capela do vinhedo sendo aberta para vocês, e Sol e Lua carregando as alianças? E imagine nossos amigos todos lá em uma festa de pisa do vinho. Vai ser um arraso.

— Maria, você agora virou festeira? Está contratada. Pode marcar a data. Adorei a proposta. Eu aceito, eu caso.

— Vamos contar para o noivo.

— Léo, amor, vem cá.

Leonardo não estava muito longe, conversava com Carlos, que fazia planos para o futuro. Ao ouvir a esposa, pegou as meninas e chegou perto das moças. O tempo lhe fazia bem, estava mais firme, bonito e elegante. Não tinha mais preconceitos ou medos referentes ao amor que o unia a Adriana. O ciúme não fazia parte do relacionamento, que sempre fora leal e aberto a conversas sinceras. E foram dez anos construídos com bases sólidas. Deu um beijo discreto na esposa e disse:

— O que houve, amor?

— Quero te fazer um pedido!

— Sério? Aqui?

— Sim.

— Está grávida? Quer morangos?

— Não, amor, quer se casar comigo?

— Ufa! Pensei que vinha outra estrela. É só isso?

— Só isso? Peço você em casamento depois de dez anos e você diz "só isso?". Então qual sua resposta?

— Amor, já somos casados!

— Não, casar de verdade, vestido, igreja, festa, vinho, amigos etc.

— Então, posso pensar?

Mais uma vez os amigos caíram na gargalhada, o casal brincava com coisa séria. Em um gesto repentino. Antes que Adriana pudesse reclamar de algo, ele colocou o joelho no chão, pegou a mão da esposa e pediu:

— Adriana, meu amor, você aceita casar-se novamente com esse ser eternamente apaixonado?

— Amor, levante-se daí, não me faça pagar mico!

— Aceita ou vai pensar?

— Aceito!

Desceu da mureta em que estava sentada e lascou um beijo sem medidas em Leonardo. Até as meninas tamparam os olhos.

Combinaram os detalhes e principalmente a reunião dos amigos para festejar a amizade e o amor como uma grande família.

Após a bela cena, Maria completou:

— Acredito que todos nós estamos unidos independentemente da distância. Seja por pensamento, pelo trabalho ou pelo amor, sem dúvida Deus providenciou esse encontro. E em nosso caminho sempre haverá "flores, amores e todo o resto".

FIM!